我抓鬼的日子

之3 魑魅魍魎

君子無醉——著

我抓鬼的日子

目錄

第三十一章

流血的圍牆

不可思議的是，打鬼棒捅進那層白灰之後，裏面居然滲出了血水！
牆壁怎麼會流血?!
我不敢相信自己的眼睛，進而想到可能是牆裏的紅磚頭，
和著雨水，就變成了紅色的水往外滲，看著像是血水。

姥爺蹲在院子的門檻上「吧嗒吧嗒」地抽著旱煙袋，聽到我自行車的聲音，就站起身，笑吟吟地問道：

「怎麼，又有新的發現了麼？」

「嗯。」我放好車子，上前扶著姥爺坐下來吃飯，把今天發現的事情對姥爺說了。

「都是因為那些名人像，罡氣克制了黑氣，保護了老師和同學們。」我又有些好笑地補充了一句，「學校的廁所金光閃閃的，都是同學們的童子尿。那些童子尿沿著下水道在學校地下流動，應該對那些黑氣也有克制的作用。」

「不錯，這個中，這個中，那些童子尿滲到土裏面，能調和陰氣。」姥爺對我點了點頭，「還有其他事情嗎？你這麼晚才回來，不會就這麼一點發現吧？」

「我發現劉小虎騙了我，他姐姐確實是淹死的，我不知道他為什麼要對我說謊。」我為了不讓姥爺擔心，沒有把我誤入公墓的事情說出來。

「嗯，這個事情，恐怕劉小虎是有什麼難言之隱，應該不是存心騙你的。」姥爺掐指算了一下，咂嘴道：

「還有幾天就要滿月了，到時候再看看吧。這幾天你別逼他，說不定會弄巧成拙，他這種人，既然沒有被鬼上身，但是又怪裏怪氣的，唯一的解釋就是，他的精神可能有問題。這種人逼急了，搞不好會鬧出什麼亂子來。」

我點頭答應了，又問姥爺道：「他既然說他旁邊那個位置是他姐姐坐的，不讓別人坐，怎麼又讓我坐了？」

「這個，我也說不出是怎麼回事，只有問他自己才知道了，我們憑空猜測也沒有用。」姥爺說道。

「那我接下來要怎麼辦？」我還問姥爺要不要去學校看看情況，幫忙清理那些髒東西。

姥爺嘿嘿笑道：

「學校我就不去了，這個事情就交給你了，你自己看著辦吧，也算是歷練。不過，要注意一點，如果感覺情況不對的話，你千萬不要再堅持，不然的話，說不定會出事，那些陰煞都是沒有腦子的冤魂，不會對人手軟的，你要是剋不住它，那會把自己的命搭上，明白嗎？」

「明白了，我會小心的。」我暗暗在心裏憋了一股勁，想趕緊把那個陰煞眼位拔了，用實際行動來證明自己的能力，也好在姥爺面前炫耀一下，讓他老人家誇獎誇獎我。

姥爺似乎明白我的心思，微微一笑道：

「這些天我空閒的時候，也做了一些功課，來，給你看個東西。」

姥爺從抽屜裏拿出一張發黃的圖紙，在桌子上鋪開來，然後問我：「幫我看看，上面畫的是什麼？」

我伸頭看了看，發現上面畫了很多筆直的線，密密麻麻的一大片，不知道是什麼意思。我看完之後，把圖上的東西對姥爺說了。

姥爺點頭微笑道：「這就對了，這上面畫的是馬凌山裏面的防空洞平面圖，你知道這是幹什麼用的嗎？」

「不知道。」我好奇地看著姥爺。

「那邊山頭的黑煞氣息可不一般啊，俗話說鬼魂亂飄，凶煞有腳，這東西，要是沒有地氣的滋養，沒個大根基，可成不了這個氣候。所以，這張圖，就是挖它的根子用的。」姥爺吧嗒吧嗒地抽著煙斗，不由得笑了起來。

第二天，天氣很陰沉，烏雲密佈，似乎是要下雨，卻一直都沒有下，空氣很悶熱。

劉小虎表現得很正常，照常上課搗蛋，下課欺負同學。中午，我們趴在桌子上睡午覺，迷迷糊糊的，我聽到劉小虎突然「嗯哼」一聲驚呼，然後起身就往外面跑。

劉小虎這一下把桌子板凳弄得很響，驚醒了全班同學。大家不知道發生了什麼事情，都滿臉疑惑地看著劉小虎奔出去的背影。

我也滿心疑惑，不知道劉小虎怎麼了。我還有些睏，渾身懶懶的，就沒跟出去查看情況，趴下繼續睡覺，猜想劉小虎只是憋尿，上廁所去了。

這時候，外面突然傳來了「轟隆——」一聲炸雷，刺目的閃電劃過天空，再接著，吹來了一陣冷風，「嘩啦啦」下起了瓢潑大雨。雨點被風吹得往教室裏飄，把靠窗桌子上的書都飄濕了。

班級裏的同學自然沒法繼續睡覺了，大家都起來了，有的忙著關窗戶，有的則出去看雨。我揉了揉眼睛起身，準備去廁所，順便看看劉小虎怎麼了。

外面突然傳來一陣亂哄哄的吵鬧聲，一個同學臉色青白，慌張地跑了進來。

「怎麼了？」

「劉，劉小虎在後面，在雨地裏站著。」那個同學驚慌地說道。

「什麼？」我直覺感到事情不對，連忙衝出去，趴在走廊欄杆上往外一看，只見校園裏一片迷濛，瓢潑大雨在狂風的吹掃下，在空中形成了一層水簾，地面上滿是積水，到處都炸著水花。

就在這一片狂暴風雨之中，我赫然看到在學校後牆邊上，有一個身影。那個身影全身濕透，一步一搖地沿著牆根摸索著什麼。這時，周圍的同學紛紛議論說那個身影是劉小虎。

「怎麼辦啊？劉小虎肯定又見到鬼啦。」一個同學驚恐地說。

「快去叫老師，把他拉回來吧，不然要被雨淋死啦。」一個女同學有些擔心地說道。

「你神經病啊，把他拉回來幹嘛，用鬼嚇我們啊，他淋死了正好，正好陪他姐姐去。」一個平時就惹人討厭的同學，很幸災樂禍地說道。

不過，他那惡毒的話卻很有作用，原本準備去找老師的同學，被他這麼一說，都不動了，就眼睜睜地看著劉小虎在暴風雨裏摸索著。

我沒來由地感到一陣心痛，我沒有想到小孩子的心地原來也會這麼惡毒。我沒有說話，獨自下了樓，準備想辦法把他拉回來。

走到樓下，我赫然發現，教學樓所有樓層的同學都趴在走廊上看著，但是就是沒人去找老師幫忙。我心裏很不是滋味，一氣之下，直接往雨裏衝，連傘都沒有借一把。

這時，我的身後傳來了一個喊聲：

「方曉，是你嗎？」

我站在雨裏，回頭一看，發現叫我的居然是王大貓。王大貓是六年級的，教室在一樓。

「幹啥？」我看著王大貓，他在對我招手，於是我重新衝回走廊，問道：「怎麼了？有事情嗎？」

「你要去幹嘛？」王大貓的神情很凝重。

「去找劉小虎。」我說道。

「這麼大的雨，你怎麼也不拿把傘，這個，你拿著。」王大貓的臉色更加凝重，咽了咽唾沫，似乎想和我一起去，但是掙扎了一下，還是打消了這個念頭，從他旁邊的同學手裏搶了一把傘給我。

王大貓是小混混，他搶傘，他的同學自然不敢吱聲。

我接過傘，對他的那個同學說了聲「謝謝」，就撐開傘，蹚著水，一腳深一腳淺地往學校的後牆走過去。

雖然我撐著傘，但是風雨太大了，大風把傘吹得翻來翻去，所以，我還沒走出多遠，身上已經完全濕透了。而且，由於打開的傘阻力大，我被風吹得晃來晃去的，壓根兒站不穩，好幾次差點摔倒了。

我乾脆收了傘，拎在手裏，就這麼冒著大雨，一路跑到後牆邊上。

我先是看到後牆附近一片刺木柴被吹得東倒西歪的，枝條劈啪響，接著看到劉小虎蹲在後牆根那間小屋子旁邊的角落裏，兩眼發直地看著前方，渾身早已濕透，頭髮黏在腦門上，嘴唇已經發白泛青，全身在不停哆嗦著。

「小虎，你怎麼了？」

我有些慌張地跑上前去，一把將他從地上拖了起來。

「方曉，你聽到沒？」劉小虎一看是我，一把將我的手抓住，驚慌地看著我說道，「姐姐在哭，我聽到她在哭，她最怕打雷，她說她害怕，她在哭，你聽到沒？你聽到沒？」

劉小虎抓著我的手臂，拼命搖晃著，神情非常焦急。

我心裏「咯登」一沉，知道他出狀況了，也來不及多想，抓著他的手臂就把他往回拖，想先把他帶回去再說。

沒想到，我這麼一拖，劉小虎居然像一頭瘋牛一樣，亂跳亂擰起來，掙脫了我的手臂，一下子抱住了靠牆一棵碗口粗的白楊樹，拼命喊道：

「不要拉我，不要拉我，我要陪姐姐！」

見到他這個樣子，我不由得一陣驚疑，心說莫非他被鬼上身了？

我連忙一撤身，抹了一把臉上的雨水，微微低頭彎腰，瞇眼往劉小虎的身上看了看，卻發現他一切正常，壓根兒就沒有鬼上身。

我心裏不禁很疑惑，不知道劉小虎這是在搞什麼鬼，隨即我想到了姥爺昨晚說的話，劉小虎這種狀況，如果不是鬼上身的話，那就是神經病，這種行為，不能用常理去判斷。

一時間，我不知道該怎麼辦才好，只好陪著他站在樹下淋雨，雨點砸在臉上都生疼。

我站了一會兒，就已經全身發涼了，看看劉小虎，這傢伙依舊兩眼發直地看著前方，豎著耳朵在聽著什麼。

我不由得有些好奇，於是也學著他的樣子，靜下心仔細地去聽風雨中有什麼聲音。我立刻發現了異常，似乎就在面前這間鎖著門的小屋裏，有一個女孩的哭聲。

「嗚嗚嗚，嗯嗯嗯——」

女孩抽泣的聲音一陣陣傳來，透過風雨，依舊能夠隱約聽到。

這是怎麼回事？我心裏一陣驚駭，連忙撤身，瞇眼仔細看那間小屋，我發現小屋上方的黑氣比以前更加濃重了。而在這一片濃重的黑氣之中，一個黑乎乎的影子似乎正在掐著一個小女孩的脖頸。小女孩的氣息很弱，已經淡到幾乎無法看到了。

鬼掐鬼？

「嘿，放開她！」

出於對那個女孩的同情，我不由得抽出了插在腰間的打鬼棒，向前一跳，瞅準那個黑皂皂的影子，一下就捅了過去。

「哇呀——」姥爺給我的打鬼棒，並非一般的桃木棒，而是刻有很多玄奧圖案、專門對付陰煞之物的厲害法器，效果和陽魂尺差不多。

我擊中了那個黑影。立時，一聲淒厲的尖叫聲響起，接著那個黑影消失了，我看到一道淡淡的黑氣從牆壁裏蔓延出來，包圍在我的四周。

這時，我耳朵裏，雨聲、風聲、樹葉嘩啦聲混成一片，頭上的雨水流了滿臉，視線有些模糊。

雖說我捅中了那個黑影，把它趕跑了，但是，我感覺到打鬼棒似乎捅到了一團軟軟的東西上面，就好像是活人的身體一般，有一種軟綿綿的緩衝。

我不由得心裏一沉，暗想，前面不是只有一堵牆壁嗎？怎麼會有肉肉的感覺呢？我抬手抹了一把臉上的雨水，抬眼定睛一看，驚得手臂像觸電一樣縮了回來。

因為，我剛才捅出去的打鬼棒，居然插進了圍牆裏。牆壁的材質好像是白灰砌成的，風吹雨淋的，已經有些脫落了，現在被大雨一淋，變軟了，被我一棒子捅出個窟窿來。

這倒也是有可能的。但是，讓我感到不可思議的是，打鬼棒捅進那層白灰之後，裏面居然滲出了血水！

牆壁怎麼會流血?!

我不敢相信自己的眼睛，進而想到可能是牆裏的紅磚頭和著雨水，就變成了紅色的水往外滲，看著像是血水。

我鎮定了一些，上前用手指沾著那紅色的水漬放到鼻子下嗅了嗅，卻猛然聞到一股濃重的血腥惡臭，我差點一口吐了出來，心裏感到驚慌，不知道這牆壁到底有什麼古怪。

我感覺情況很不妙，知道此地不宜久留，連忙急速後退，想離牆壁遠一點。

可是，我退了沒兩步，後背就撞到了什麼東西。我回頭一看，這才發現劉小虎不知道什麼時候已經鬆開了那棵白楊樹，站到我的背後。

這傢伙正直愣愣地看著我，臉色青白，在灰濛濛的大雨裏，看起來沒有多少生氣。

「小虎，你，你怎樣了?我們走吧，回教室好嗎？」我下意識地說道。

「嘿嘿嘿嘿——」

劉小虎突然一咧嘴，聳著肩膀對我發出一陣怪笑，接著緩緩地抬起兩隻手臂，平伸著，向前一跳，將手臂搭到我的脖頸上，然後整個人向前一靠，斜趴到我的懷裏。

我還以為他累壞了，想要我扶著他回去。但是，我突然聽到他在我耳邊，用一種極為低沉沙啞的聲音說道：

「你以為，你那根棍子就可以對付我嗎，啊？哈哈哈哈哈——」

我嚇得渾身一哆嗦，本能地雙手用力想推開他，卻猛然發現這傢伙變得很重，怎麼也推不動。再仔細一看，趴在我懷裏的，哪裡還是劉小虎，而是一個一身黑衣衫、全身冰冷、黑髮披散的女人！

那女人的嘴巴，就靠在我的脖頸位置，正對著我的脖子吹冷氣，而她的身體則斜跪在我面前的地面上，上半身貼著我的身體，兩隻手臂死死地扣著我的脖頸。

「啊！」我不禁大叫一聲，如同屁股著火般猛跳起來，一下子掙脫了黑衣女人的手臂，再向後一縮身，背靠著牆，握著打鬼棒，對著黑衣女人的腦袋，就是一陣瘋狂的擂打捅插。

打鬼棒果然很厲害，一通亂打之下，黑衣女人頭一歪，就趴在了泥地裏。見這個女鬼倒下了，我鬆了一口氣，向側面一跳，準備繞開女鬼逃跑，可是低頭一看，地上的黑衣女人居然不見了，換成了劉小虎滿身泥漿、滿臉青腫地趴在地上。

「我操，我撞邪了?!」

我心裏一驚，再也不敢在牆根下停留，一邊揮舞著打鬼棒，一邊撒腿衝了出去。

姥爺說得沒錯，這後牆根就是個陰煞眼位，現在看來，這裏的那個髒東西非常凶，大白天居然就可以出來上人的身。雖說是下雨天，天色很灰濛，但也是白天，這時居然可以「顯靈」，這至少說明這東西比何青蓮還要厲害！

我發足狂奔了一段距離，直到遠離了牆根下的灰色空間之後，這才壯著膽子停了下來，回頭看去，只見劉小虎渾身黑氣繚繞，依舊一動不動地趴在泥水裏。

我心裏感覺非常矛盾，我不知道是該繼續跑掉、不管劉小虎了，還是講一點義氣，把劉小虎也拖回去。我很想把劉小虎拖回去，但是又擔心中途再出現什麼變故。

劉小虎之所以趴到泥水裏，應該不是鬼上身的緣故，而是被我用打鬼棒打趴下的。剛才，我應該是受到了那個髒東西的影響，出現了幻覺，就把劉小虎當成了黑衣女鬼，一通亂打把他給放倒了。劉小虎臉上的那些青腫，就是最好的證據。

我不記得剛才對著黑衣女鬼打了多少下，但是我知道，自從那晚喝了兩個老怪物的仙酒之後，我現在身體的力量，其實比成年人也差不了多少。劉小虎被我這麼悶頭蓋臉地亂打一通，可以想像是怎樣的悲劇。

「嘿，我豁出去了！」明白劉小虎是被我放倒的，我滿心自責，無法坦然離開，我又一步一挪地向牆根摸了過去。

就在這時，我猛然聽到後面傳來一陣嘈雜的踏水聲，回頭一看，好幾個男老師和我們的班主任李老師，都撐著傘，蹚著水向這邊跑來了。

我看見老師們後面還有一個比較矮小、穿著雨衣的身影，仔細一看，居然是王大貓。我大概明白了，這些老師應該是王大貓叫來的。

「怎麼了？發生了什麼事情？你們兩個怎麼了？」

老師們趕過來之後，立刻把我和劉小虎都圍了起來，有兩個老師把劉小虎抱起來一看，不由得大吃一驚，駭然道：

「他是被誰打的？」

我抬頭一看，劉小虎的臉上青一塊紫一塊的，全是淤痕。我很心驚，自己居然下了這麼狠的手，但是，一人做事一人當，這是父親從小就教我的道理。所以，我馬上就對那些老師說道：「是我打的。」

「你個小娃子，你想殺人啊，居然下這麼重的手？」一個有些歪嘴的男老師衝了上來，對著我就踹了一腳，把我直接踹趴到了泥水裏。

這個老師好像是訓導主任，平時脾氣火爆，學校裏調皮搗蛋的同學都被他打過，都很怕他。這一次，他見我犯了這麼大的錯，立時火冒三丈，當場就想給我一點厲害嘗嘗。

我沒料到他會當著這麼多老師的面就出手打人，所以完全沒有防備，被他一腳踢中，趴在泥地上半天才順過氣來。

我一翻身從地上爬起來，不由得憤怒地對著訓導主任大聲吼道：

「我不是故意打他的，你憑什麼打我！」

「憑什麼？就憑我是你的老師！」訓導主任見我居然還敢頂嘴，更來氣了，捋著袖子又要衝上來。

「胡老師，你怎麼能這麼打學生！」一個身影擋在我的身前，把我護住了。我抬頭一看，是我們的班主任李老師。

「李老師，你讓開，這種孩子，不收拾不行！」歪嘴主任被李老師擋住之後，還不解氣，還是躍躍欲試地往前衝，想來打我。

「胡老師，你冷靜一點，你這樣做是不對的，不能體罰學生！」李老師豎著眉毛，據理力爭。

「哼，李文英，我告訴你，你別以為你老爸是區委書記，這學校就是你家開的，我是訓導主任，論職位，我比你高，這裏我說了算，你給我讓開！」

我大概看明白了，想必歪嘴主任早就看不慣李老師，現在看到她負責班級的同學犯了錯，他就借題發作，不依不饒了。

李老師是一個很文靜的人，平時對人很和氣，從來不大聲說話，現在被訓導主任一嗆，脾氣也上來了，臉色漲紅，豎眉怒視，冷聲道：

「胡慶民，你說話放尊重一點！」

歪嘴主任冷笑了一下，斜眼看著李老師道：

「你以為你是千金大小姐就了不起了？呸！」

我實在按捺不住心頭的怒火，一伸手從背後抽出陰魂尺，捏了十幾寸的長度，衝上去，一尺就戳到歪嘴主任的身上。

「唔，咯咯——」他被我戳中之後，有些驚愕地看了看我，接著頭一歪，就撲倒在地了。

我去看李老師，她卻大睜著眼睛，極度驚恐地看著我的後方。我不禁後背一陣發涼，立刻意識到了一個嚴重的問題。

剛才兩個男老師過去把劉小虎抱起來，王大貓也跟過去了。自從歪嘴主任開始向我動手，我的注意力一直在他和李老師身上，沒去注意身後的王大貓和那兩個男老師的情況。歪嘴主任和李老師起衝突這麼久，為什麼他們一直都沒有上來勸架，甚至連聲音也沒有發出呢？

這時，李老師緩緩地抬起一隻手，驚恐地抓著自己的胸口，接著，使出全身的力氣，發出一聲歇斯底里的尖叫：

「不要——」

我覺得背後肯定發生了什麼不尋常的事情，連忙轉身一看，不由得也驚得大叫起來：「住手！」

雖然我和李老師都喊出了聲，卻還是晚了。

那兩位男老師面無表情，一左一右抬著劉小虎的胳膊和腿，然後晃蕩著，把劉小虎的頭當成撞鐘的大木槌一樣，猛地向後牆上撞去。

見到這一幕，我整顆心都揪了起來。

「不要——」

我拼命衝過去，卻一跤撲在泥水裏，倒地時不禁大叫一聲，知道自己已經無法阻止他們了。我不忍去看接下來的慘烈場面，痛苦地緊握著拳頭，把頭低了下來，只等著那一聲腦袋撞牆的聲響傳來。

就在這時，一個尖細低沉的聲音響起：

「不許你們傷害他！」

我抬頭一看，看到王大貓滿臉憤怒，四肢僵硬地擋在劉小虎前方，劉小虎的腦袋撞到了王大貓的肚子上，沒有撞到牆上。

由於王大貓當墊子有了緩衝，劉小虎算是撿回了一條命，可王大貓就慘了。因為那兩個男老師幾乎用盡了全身的力氣把劉小虎往前撞，力道非常猛。王大貓雖然擋住了劉小虎，自己卻被撞得倒飛了出去，重重地砸到牆上。王大貓抽搐著掙扎了一下，接著頭一歪，癱倒在牆根下。

把王大貓撞飛之後，那兩個男老師停頓了片刻，接著繼續抬著劉小虎往牆上撞。

這一次停頓的時間，已經足夠我趕過去了。我全身都是泥漿，一手捏著陰魂尺，一手握著打鬼棒，從泥水裏一躍而起，以最快的速度衝了過去。

我衝到離那兩位老師還有兩米的距離，就咬牙發力跳起來，雙手一齊揮出，陰魂尺和打鬼棒一左一右向兩位老師的身上砸了下去。

他們被我擊中之後，立刻撒手丟掉劉小虎，被我用打鬼棒砸中的那個，發出一聲淒厲的尖叫，嘴一歪，倒在了地上。而被我用陰魂尺擊中的那個，則如殭屍一般，一聲都沒吭，一晃頭，直接躺倒了。

我心裏一驚，心說不會是下手太重了，把他弄死了吧？我連忙低頭看看手裏的陰魂尺，發現只捏了五六寸長，這才放下心來。

阻止了那兩位老師之後，我向四周一看，這陰魂纏繞的牆根底下，已經倒下了六個人。

劉小虎、王大貓、兩個男老師、歪嘴主任，還有一個就是李老師。李老師已經被驚呆了，她癱坐在泥水裏，兩眼發直，只會傻笑，沒有其他表情了。

「該死的，倒要看看你到底有多厲害！」我的心裏一股怒火猛地燒了起來，恨透了這害人的陰煞。

「來吧，你不是想害人嗎，我就讓你害個夠！」

我咬牙衝到牆壁前，舉起手裏的打鬼棒和陰魂尺，左右開弓，對著白灰牆壁瘋狂地劈砍起來，大聲罵道：

「出來啊，出來啊，混蛋，你不是就躲在這牆壁裏嗎，有本事你出來啊，出來啊！我看看你能把我怎麼樣！」

我如同劈砍仇人一般，恨不得把牆壁砍得鮮血直冒，慘叫而死。那牆壁被我劈砍得白灰一塊塊剝落下來，露出了裏面的紅色磚頭。

只是，這一次，居然一點異常的狀況都沒有發生，甚至連那股給我的陰森感覺也沒有了。那一直氤氳在牆根下面的陰煞之氣也消失得無影無蹤。

這是怎麼回事？覺察到這個狀況，我不禁有些疑惑，退後一步，皺著眉頭看著白灰脫落、紅磚斑駁的牆壁，倒是很希望那個陰煞的東西衝出來和我決戰，心裏很有一種一拳揮空的失落感。

怎麼那玩意兒突然認慫了？我心裏不禁納悶。

就在這時，我猛然感到後脖子一冷，好像有人在摸我的脖子，我驚得渾身一顫，一下子跳起來，轉身向後看去。

有一張臉，居然直愣愣地貼著我的臉，盯著我看。我心裏一驚，本能地大叫一聲「啊呀」，向後一退，一屁股坐到了地上。

「你在做什麼？」

這時我才認出來，站在我面前的人，正是校長。

校長穿了一件黑色雨衣，把他那矮胖的身體裹得如同一具殭屍，他的肥臉上帶著一抹陰沉的笑容，正盯著我。

「校，校長，我，不是，這兒鬧鬼。」情急之下，我只好說了實話。我心說他應該會實事求是地處理這件事情的，我還在為打傷劉小虎的事情糾結著。

「噢。」校長冷笑了一下道：「鬼在哪裡呢？我怎麼沒看到？」

「就在那個牆裏面。」我指了指身後那堵已經被我蹂躪得不成樣子的牆壁。

「哼，噢，這個就是鬼啊。」校長抬眼看了看牆壁，瞇眼冷笑了一下，點了點頭，突然冷臉看著我，怒聲道：

「我看你才是鬼吧？你以為我眼瞎了啊，我老遠就看到你把兩個老師打倒了，你說，這到底是怎麼回事？你小子到底是什麼來頭，你手裏的這玩意兒是幹嘛的，給我看看！」

我沒想到校長居然看到我對那兩個老師出手的情景了，心裏一沉，暗想他會不會因為這個事情處罰我。但是，聽到他要看我手裏的東西，我立馬醒悟過來，一縮手，把尺和打鬼棒都藏到身後，說道：「不行，這個不能隨便給人看。」

「看來真的有鬼，你給我拿出來，快點！」校長更加來勁了，抓著我的衣領，彎腰伸手去奪我手裏的東西。

我擔心他摸到我的尺受到誤傷，無奈之下，只好想了個折中的辦法，讓他放手，然後把打鬼棒遞給他說：

「就是這個，這是我姥爺讓我帶著的桃木棍，能驅邪避鬼，剛才我就是用這個打跑那個鬼的。」

「噢，是嘛，這東西這麼厲害啊。」校長拿著打鬼棒，翻過來轉過去地看，接著點點頭，說道：

「學校是學習科學知識的地方，不能宣揚迷信思想，這東西不准帶進學校，我沒收了。」

校長說著，把打鬼棒收進了懷裏，又眯眼盯著我手裏的尺問道：「那個是什麼？」

「這個是鋼尺，我打格子用的。」每個同學都有自己的尺，這是必備的文具，我的尺雖然大了一點，但也還能認出來是一把尺。所以，校長倒是沒有懷疑，點點頭微笑道：「好啦，那你回去吧，對了，你們班主任有點受驚了，幫我把她扶回去。」

「那，那他們怎麼辦？」我問道。

「哼，什麼怎麼辦？」校長說著，走到兩位男老師身邊，對他們各踢了一腳，大聲叫道：「起來，起來，都起來，裝什麼死？」

見到校長這個舉動，我不由得想出聲阻止他，告訴他，那些人都被陰魂纏身中邪了，不是故意裝死嚇人。

但是，我還沒來得及出聲，就看到其中一個昏迷的男老師挨了一腳之後，居然迷迷糊糊地醒轉過來，接著有些迷惑地摸著腦袋，納悶道：

「咦，我這是怎麼了？」

「什麼怎麼了？在這兒裝神弄鬼，你小子下個月獎金不想要了是不是？還不快點把這兩個小子抬到醫務室去，沒看他們被雨淋得著涼了，都昏倒了嗎？」校長拎著男老師的衣領，對他就是一通臭罵。

那個男老師被罵得一愣一愣的，也不敢頂嘴，彎腰抱起劉小虎，向學校的醫務室跑去。

校長又幾腳把歪嘴主任和另外一個男老師踢醒了，讓他們一個背著王大貓，一個領著我，他自己則扶著李老師，一起撤離了那堵詭異的後圍牆，一起向醫務室去了。

第三十二章

勾魂音

「方——曉——」
那個聲音如同叫魂一般，比叫魂更加尖細，
拉著長長的後音，讓人一聽頓時全身起了一層雞皮疙瘩。
我頭皮一炸，隨即想起了姥爺給我講過的一個事情，心裏一沉，
暗道：勾魂音？

這時，李老師還一直呵呵傻笑著，神志有些不清。兩個男老師一直緊皺著眉頭，滿臉的疑惑。只有那個歪嘴主任，背著王大貓一路悶頭走路，一言不發，似乎已經忘記了剛才他和李老師吵架的事情。

我被一個男老師領著，就這麼跟著他們，覺得這氣氛實在是太怪異了。

首先，我不明白，為什麼那個陰煞後來就沒影了，這東西莫非是間歇性發作，突然出來搞一下鬼，然後再躲起來？按理來說，這些髒東西都沒有思想感情，它們應該沒有這種心情啊。

還有一個疑惑是，校長為什麼就這麼肯定後牆那邊沒有鬼？他已經在這個學校當了很多年校長了，這所學校翻新蓋房子，擴展院子，都是在他的手下完成的，他對鬧鬼的事情不可能不知道啊？

再有一個疑問就是，那個歪嘴主任到底犯了什麼病？為什麼會那麼瘋狂地和李老師吵架，但是現在醒來了，卻一句話都不說，裝慫了呢？那兩個男老師的疑惑表情，倒讓我覺得他們的反應很正常。

大雨還在下個不停，狂風呼嘯，下午的課早就開始上了，並沒有受到剛才牆根底下發生的那件事情的影響。

校長帶著我們來到醫務室，把王大貓、劉小虎和李老師都交給了醫生，交代醫生好好檢查治療，並且讓一個男老師留下來陪護，這才一轉身，背著手離開了。那個歪嘴主任立刻追著校長跑了出去。

我本來也被留在醫務室裏檢查身體的，但是出於好奇，我也跟著歪嘴主任往外走了幾步，然後趴在醫務室門口伸頭偷看。

只見歪嘴主任叫住了校長，和校長一起站在屋簷下，低聲說著什麼。

「那個，她會不會讓她老爸來搞我？」歪嘴主任問校長道。

「那是你自己的事情，我管不著，你幹嘛和她吵架？」校長冷著臉看著歪嘴主任。

「那個，當時，那個不是就在那個地方嗎？我心裏一著急，就有些失去分寸了，也不知道怎麼回事，就摟不住火了。」歪嘴主任對校長解釋道。

「哼，你還知道是那個地方，你還那麼魯莽，你真想把事情都翻出來是不是？我告訴你，胡慶民，你和那個丫頭的事情，和我沒關係，我也保不住你，你別求我，求我也沒用！」校長說完，逕自走了。

歪嘴主任一愣，接著卻看著校長的背影，冷冷一笑道：

「嘿嘿，孟少雄，你別以為你一拍屁股走人，就什麼事情都沒有了，實話告訴你，這次的事情，你幫也得幫，不幫也得幫，我要是被搞掉了，我讓你跟著一起蹲大牢！」

校長一愣，停下了腳步，回過身來，臉上的表情很複雜，似乎非常憤怒，但又在努力壓抑著。直愣愣地看了歪嘴主任半天之後，校長才「刺啦」一聲笑了出來，接著滿臉堆笑地走上前，拍著歪嘴主任的肩膀道：

「哈哈，好啦，你看你這人，怎麼老是喜歡較真？咱們是多年的老交情啦，你出事我能袖手旁觀嗎？你放心吧，這事交給我了，等李老師精神恢復了，我就和她好好說說，你吶，也別老是硬骨頭，給人家道個歉，這事也就完了。再怎麼說，人家也是女孩子，你一個大男人，總說不過去，你說是不是？」

「嘿嘿，我當時不是沒壓住火氣嗎？」見校長願意幫忙了，歪嘴主任也堆起了笑臉說話。

「好啦，下次注意一點就行啦。走吧，下午還得上課，回辦公室吧。」校長摟著歪嘴主任的肩膀，一副很親熱的樣子。

「嘿嘿，有你這話我就放心啦，不過，要我說，她就是欠抽。」歪嘴主任一路自得地說道。

「好啦，不說啦，不說啦，趕緊回去，走走。」校長沒有接話，攬著他進了教學樓。

我這才縮回身，回到醫務室裏。醫生已經幫王大貓和劉小虎吊了點滴，他們好像都發燒了，昏昏沉沉地說著胡話。

李老師似乎鎮定了一些，縮身坐在一張椅子上，一言不發，低著頭看著地面，一直發呆，就連身上的泥水都沒去擦。

負責陪護的那個男老師小心地問道：

「李老師，你好點了麼？要不，我先扶你去換身衣服吧？」

李老師一開始沒有什麼反應，接著，突然一把抓住那個男老師的手，大聲道：

「我要回家，我要回家！」

「這個，這個，醫生，你說怎麼辦？」那個男老師向醫生問道。

「我給她打一針，你等著雨小了，先送她回家吧。」醫生說著，在李老師的胳膊上打了一針。

李老師的臉色有些青白，暈暈乎乎的。

「小同學，到你了，過來。」醫生對我招了招手，讓我也過去打針。

我覺得自己的身體沒有什麼問題，就對醫生說：「我沒事，我不打針。」

「哦。」醫生遞了一個體溫計給我，說道：「那你量一下體溫，要是沒問題的話，那就不用打了，小傢伙身體不錯。」

我點了點頭，夾著體溫計，乖乖地坐到椅子上。

「這雨也沒有見小的樣子，我怎麼送她回去啊？這要是出去，不是還要再淋一趟嗎？」那個男老師站在醫務室門口，看著瓢潑的大雨發起了愁。

醫生起身拍了拍男老師的肩膀，對他說道：「小夥子，你去鎮上叫一輛小汽車過來，不就行了嗎？」

醫生大約五十歲，人很和氣，老師和同學們都叫他田先生。

「田先生，你這話說的，現在這天氣，我到哪兒找小汽車去？」男老師有些無奈。

「那我給你指一條明路吧。李老師的老爸是誰，你知道不？現在你用學校的電話，給區委辦公室掛一個電話，不就什麼都解決了嗎？」

田先生好像很清楚李老師的身分，所以出了一個主意。

「對啊，好咧！」男老師一拍手，也來不及和田先生打招呼，冒雨衝了出去。

田先生站在門口，點頭微笑了一下，回來看了我的體溫計，發現沒有發燒，對我笑道：「不錯，確實沒問題，那你在這兒等一會兒吧，陪陪你的同學，等下他們醒了，說不定要你扶著才能回去。」

我點了點頭，坐下來繼續等著。

男老師出去沒多久就跑回來了，還帶回了一件乾爽的衣服，給李老師披上。

過了一會兒，一陣汽車的喇叭聲響起，一輛小轎車直接停到醫務室的門口。從車上走下來兩個人，一個是穿著工作服的司機，一個是中年女人。

那個女人一走進來，看到李老師的樣子，心疼得差點流下淚來，對那個司機說道：「老劉，快，快扶上車。」

司機二話不說，上前扶起李老師就往外走。

醫務室裏，中年女人看著李老師上車了，這才轉身冷眼看了一下男老師，然後對田先生笑了一下道：「老田，這是怎回事？」

「嗨，甭問我，問他吧，人是他送來的。」田先生嘿嘿一笑，就把事情推給那個男老師，用胳膊肘撞了他一下道：「這是李老師的母親。」

「啊，伯母，你好，我叫徐龍，那個，我。」男老師這才反應過來，連忙滿臉堆笑，有些扭捏地搓著手向中年女人打招呼。

「這是怎麼回事，小夥子？」中年女人皺眉看著徐龍問道。

「這個說來話長。」徐龍遲疑了一下，尷尬地說道。

「那好，你也跟著上車，我倒要聽聽是怎麼回事！」中年女人很厲害，做事雷厲風行，轉身徑直上了車。

徐龍猶豫了一下，不敢違拗，只好訕笑著跟了上去。小汽車馬上就開走了。

田先生看著車子走了，兀自嘿嘿笑了一下，抬頭看了看天，似乎是想要看看雨大概什麼時候能停。但是，看了一會兒之後，他突然臉色大變，一下子跑進醫務室裏，拿起聽診器掛到耳朵上，然後把聽診器的聽頭按在醫務室門口的地面上，緊皺著眉頭，仔細地聽了起來。

我看到田先生的舉動，感到很好笑，我還是第一次見到用聽診器聽地面的，於是跑過去問道：「田先生，你在聽啥？」

「不要動，別說話！」平時非常和藹的田先生，居然非常嚴厲地打斷了我的話。

我嚇了一跳，連忙併腳站在地上，動都不敢動。

田先生這才鬆了一口氣，拿聽診器繼續聽著，聽了一會兒之後，霍然站起身來，一邊倉皇地往醫務室裏跑，一邊對我說道：

「小子，快，快去通知校長做準備，山洪馬上就來了！」

「啥？你怎知道的？」我有些驚駭地問道。

「能聽到聲音！你快去，快點，讓校長趕緊放學，能回家的同學趕緊回家去，住山上的就別回去了，今晚得留在學校啦，趕快！」

田先生說著，開始手忙腳亂地收拾醫務室裏的東西，自言自語道：「得上二樓，不然來不及了。」

我見到他說得如此鄭重，不敢耽擱，連忙冒雨往校長室跑去。

但是，我剛衝出醫務室，耳邊卻猛然聽到一聲「轟隆」的悶響，我抬頭向校園的西面望去，赫然看到大約一米多高的洪水已經沖過來了。

學校的西面有一堵兩米多高的圍牆，此時卻只看到了一片水波。原來，從山上兇猛沖流而下的洪水，把牆壁給沖垮了，我剛才聽到的「轟隆」聲，應該就是圍牆倒塌的聲音。

圍牆倒塌之後，水流毫無阻攔地翻著白花，呼嘯著沖了過來，一瞬間就漫到教學樓下，沖上了半米高的臺階，湧進了一樓的教室裏。

這一下，不用我通知，誰都知道山洪來了。

「啊呀呀呀——」

就在我蹚著水爬上二樓，來到校長室門口的時候，聽到一樓的教室亂了起來。驚呼聲、尖叫聲、歡鬧聲、桌椅翻倒的聲音、搬東西的聲音、老師們努力控制局勢的喊聲，與外面的瓢潑風雨聲和洪水拍擊聲混合在一起，整個學校頓時雞飛狗跳一般混亂。

「什麼情況，怎麼啦？」

校長辦公室的大門「砰」一聲打開，校長一手拎著濕漉漉的雨衣，一手拿著一塊毛巾擦著頭，滿臉疑惑地衝出來，四下看著，還不知道發生了什麼事情。

我連忙跑上前去，想把情況告訴他，可是，我卻發現校長身上穿著一件非常奇怪的衣服。那件衣服是一件長袍，前後都畫著佛像，一片金黃，看著很有氣勢。

我一下愣住了，直愣愣地看著他。

校長看到我，臉色一驚，連忙穿上雨衣，把他穿的長袍遮住了，這才背著手，對我喊道：

「方曉，怎麼回事？你不在醫務室，怎麼跑到這裏來了？」

「田先生讓我來通知你，山洪來了，讓你趕緊做準備，能回家的回家，回不了家的，要轉移到二樓。」我反應了過來，連忙轉告田先生的話。

「哎呀，這麼重要的事情，怎麼不早說，我操！」

校長臉色大變，一聲大叫，飛跑到窗戶邊一看，發現外面已經水漫金山，不由滿臉焦急地拿起哨子一陣猛吹，一邊吹，一邊踹著其他辦公室的門，把所有的老師都叫上，讓老師都去一樓，把同學們轉移到二樓來。

此時，一樓的教室裏，水已經進了有一尺深，很多同學感到害怕，嗚哇哇地哭著，有的男孩子調皮，晃著腳，在水裏跑來跑去地打鬧。幸好是在上課時間裏，所以有老師坐鎮，形勢還算可以控制。

校長到了一樓，吹哨子集合了所有老師，佈置他們按班級轉移同學到二樓和三樓，接著帶著幾個老師，到每個班級裏巡視情況。歪嘴主任這會兒一直跟在校長身邊，一臉盛氣凌人的樣子。

我這時也偷偷跟著校長，因為，剛才校長沒穿雨衣的時候，我看到他把我的打鬼棒插在腰裏了。我想趁人多混亂的時候，偷偷把打鬼棒拿回來，這是姥爺給我的法器，不能落到別人手裏。

沒有人注意到我，我一路跟著校長一行人，來到教學樓一樓的最東邊。

他們站在走廊下，滿臉感嘆的神情。此時的校園裏已經是一片汪洋了。校長一行人議論著洪水一時半會兒下不去，被困在樓裏的老師和同學們該怎麼辦。

「幸好這浪還不是很大，放心吧，到時候鎮上肯定會派船過來營救的，這學校裏都是孩子，誰家的孩子困在這裏不著急啊？」歪嘴主任說道。

「行啦，你們趕緊回各自的崗位上去，看有沒有需要解決的問題，回來集中到我的辦公室彙報。」校長揮揮手讓人都散了。

幾個老師連忙轉身上樓去了，只有歪嘴主任沒有走。

「你怎麼還不去呢？」校長瞥眼看了他一下，問道。

「嘿嘿，我在這兒陪你唄，萬一您一個不小心滑下水了，也有個人救你是不是？」歪嘴主任咧咧嘴，討好地說道。

「媽的，你就咒我吧，等下老子真掉下去了，我看你小子有本事把我救上來不？你以為我不知道你的水性，游不了兩三米就嗝屁了。」校長抽著菸，不屑地諷刺了歪嘴主任一句。

歪嘴主任臉上有些掛不住，倔著脾氣捋起袖子挑釁道：

「行，有本事來比比行不？來不來？」

見歪嘴主任較真了，校長嘿嘿一笑，一邊笑著轉身，一邊罵道：

「滾你娘的，誰有閒工夫跟你鬧著玩，一邊去！」

校長轉身準備走，突然眉頭一皺，臉色一變，抬手指著遠處的水面，驚聲道：

「胡慶民，快看，那邊是不是有個人在漂著？」

「啊？」歪嘴主任吃了一驚，連忙順著校長手指的方向看去，接著一臉疑惑地說：「我看不像啊。就是根木頭吧？」

「不像嗎？你再看看。」校長一邊引著歪嘴主任繼續看那水面上漂著的黑點，一邊卻悄無聲息地伸手從水底下摸出了一塊磚頭，抬起手，猛地砸到歪嘴主任的後腦勺上。

「咚——」一聲悶響，歪嘴主任還沒反應過來是怎麼回事，全身一怔，翻著白眼，身體搖搖欲墜。

「下去吧，混蛋！」校長狠咬著菸頭，一抬腳，把他蹬到了水裏。

歪嘴主任掉進水裏之後，立刻就被洪水捲走了，身體只在水面上漂了兩下，就沒影了。

「嗶——」

見到歪嘴主任的身影消失了，校長拼命地吹響哨子，揮舞著手臂大喊道：

「快來人啊，快，快，胡主任掉進水裏啦，快拿繩子來，趕緊救人！」

這時，我縮身躲在一樓走廊的一根大柱子後面，偷眼看著校長，被他弄糊塗了。那個歪嘴主任不是被他用板磚拍暈了，推下水的麼？他既然要害歪嘴主任，為什麼這會兒又慌裏慌張地假惺惺地叫救援呢？他這是想做什麼？

雖然我的心智已經比同齡人成熟了，可是，對於成人世界的這種詭異關係，我還是無法理解的。我呆掉了，下意識地覺得自己好像看到了什麼不該看的東西，心裏開始有些驚恐，只想儘快逃回二樓。

校長把人叫來之後，開始準備救援，一樓再次混亂起來。我就趁著這個混亂的當口，悄悄轉身，準備從另外一個樓梯上三樓。

沒想到，我一轉身，就看到在我背後不遠的樓梯口，靠牆站著一個人。這個人，此時彷彿也是心有餘悸，正手握衣領，有些艱難地呼吸著，似乎也看到了剛才詭異的一幕。

「田，田先生？」

我連忙跑過去，這才發現田先生身上背著藥箱，胳膊下還護著劉小虎。我猜到田先生應該是準備往樓上轉移時，正好經過，於是看到了一幕精彩好戲。

「嘿，小子，不要出聲！」田先生對我噓了一聲，用眼神對我示意了一下，說道：「什麼都別說，跟我來，快！」

田先生說完，抱起劉小虎，背著藥箱，就往樓梯上走。我知道他有話要和我說，連忙也抬腳跟了上去。

我跟著田先生，來到二樓最西邊一間平時放體育器材的小房間裏。走進那個小房間，才發現房間已經被田先生改成了臨時醫務室。王大貓躺在靠窗的厚墊子上，在吊著點滴。

田先生把劉小虎放下之後，回身把房門關上，彎腰看著我，問道：

「小娃子，你剛才看到什麼了？」

我看著田先生，發現他的神情非常凝重，一時鬧不明白他要做什麼，就對他說道：「你看到什麼了，我就看到什麼了。」

「噓——」田先生一抓住我的手臂，滿臉嚴肅地說道：

「小子，這事千萬不要說出去，要裝作什麼都不知道，明白嗎？孟少雄為人陰險毒辣，現在洪水圍著學校，出也出不去，進也進不來。我們要是在這個時候揭穿他，保不準他反咬一口，把我們害死，你懂了嗎？所以，我們要先忍著，等到水退下去了，警察來調查，找到我們問話了，我們再說出來。」

田先生喘了一口氣，摸了摸我的腦袋道：

「小娃子，你叫什麼名字？我看你挺機靈的，幾歲了？」

「我叫方曉，七歲。」我點了點頭，對田先生說道，「你說的話，我都懂。田先生，你放心吧，水沒退下去之前，我不會說出去的，我什麼都不知道。沒有什麼事情的話，我就先回教室了。」

田先生滿意地對我點了點頭，起身幫我打開門，讓我出來了。

我走出房間，趴在走廊上向外看去，只見烏雲壓頂，大雨依舊瓢潑下著，天空陰沉得如同黑天。我想這雨一時半會兒是停不了了，洪水會更加嚴重。這時，學校與外界的聯繫完全隔斷了。

最要命的是，似乎電都停了，也就是說，到了晚上，整個學校將陷入一片黑暗。這個狂風暴雨、洪水圍困的黑夜，對誰來說都是一個考驗。

我看著洪水，心裏想著姥爺，擔心他在山上遭遇山洪。我不經意地抬頭向前看去，不由得眼角突然一暗，一抹黑影從視線中飄過。我不由得一愣，立刻警醒過來，連忙微微彎腰，瞇著眼睛，貼著洪水的水面，細細地向前看去。

一看之下，我赫然發現，在一片浪頭翻滾的洪水之中，有一團黑氣氤氳在水面上，也在不停翻滾蠕動著。再仔細一看，那團黑氣所包裹的地方，正是學校後牆那間詭異的小房子。

此時學校的圍牆，已經基本被洪水沖垮了，只有後牆那一段沒有倒塌。而那段圍牆之所以沒有倒，主要也是因為有那間小屋在。現在，小屋已經被淹得只露出一個屋頂了。氤氳的黑氣一直沒有散去，而且似乎還越來越濃重了。

我直覺到哪裡有些不對，但是一時間又不清楚是什麼。就在我正疑惑時，一個黑影突然出現在那段沒有倒塌的圍牆之上。

見到那個黑影，我心裏直發毛，心想莫非又是那個陰煞在作怪嗎？離得這麼遠，它居然都可以影響到我的心智，讓我有了幻覺？接著，那個黑影居然趴到牆頭上，又緩緩地轉過身，對著我揮了揮手。

「嗯？」我又是一怔，立刻醒悟過來，才明白那應該是一個被洪水圍困的人。「有人被困住了，要通知老師去救人。」我意識到事情的嚴重性，連忙準備下樓去。

不過，又一個異狀出現了。由於我很擔心這個被困的人，就一直把視線鎖定在他的身上，就是在這個時候，那個被圍困在圍牆上的人，居然從圍牆上站了起來，舉起了一隻手，又向我揮了揮。

這個揮手的動作，原本在我看來，只是向著有人的地方求救，可是，這時我卻聽到一個尖細的喊聲從圍牆的方向傳了過來。

「方——曉——」

那個聲音如同叫魂一般，比叫魂更加尖細，拉著長長的後音，讓人一聽頓時全身泛起了一層雞皮疙瘩。我頭皮一炸，隨即想起了姥爺給我講過的一個事情，心裏一沉，暗道：

勾魂音？

勾魂音，是農村裏的一個傳說。傳說有很多冤死鬼，會在天氣惡劣的時候，在陰沉的天色裏喊人的名字。

那個被喊了名字的人，要是意志不夠堅定，答應了這個聲音，就有可能被迷惑心智，跟著那個聲音走，最後不是摔死就是淹死，總之活不了。姥爺之所以給我起了一個新名字，其實也有些針對這種勾魂音的意思。聲音，是一些髒東西迷惑人的慣用伎倆。

那個聲音喊我「方曉」，以為這是我的名字，但是卻並不知道，這個名字我剛剛使用沒超過三天，我自己對這個名字都還不是很習慣，所以，別人這麼叫我的時候，我要反應一會兒才知道是在叫我。有了這一個因素，那個勾魂音自然沒辦法迷惑我。

不過，我也意識到事情變得更嚴重了。很顯然，這種天災發生的時候，那個髒東西也開始蠢蠢欲動了。現在它之所以只使用這麼低劣的手段來迷惑人，可能是因為它的力量還不夠。

我暗想，如果這個時候讓這個髒東西得到食物的話，說不定這個夜晚就沒法熬過去了，不知道這玩意兒會鬧出什麼恐怖的事情來。

就在我正在暗自慶幸的時候，卻猛然覺得，這個呼喊我的聲音，感覺有些熟悉。很快，我便想起這個聲音是誰的了。

「歪嘴主任？」

我一驚，立刻伏身趴在走廊上，借著暗淡的天光，透過雨簾，努力辨認圍牆上的黑影。我的心不由得一直往下沉。那個站在圍牆上的黑影，果然不是別人，正是被校長用板磚拍暈了又推到水裏的歪嘴主任！

按照當時我看到的情況，歪嘴主任絕對沒有生還的可能，肯定會被淹死的。那麼，現在站在牆上的又是誰？難道他真的沒有死嗎？如果他沒有死，為什麼會叫我的名字？應該叫校長的名字才對啊？

我一時間真是不知道該怎麼辦才好。這時，我想起了姥爺，如果是姥爺在這裏，他一定會鎮定自若，能看穿一切謎團，妖魔鬼怪都沒法囂張。

可是，轉念一想，我又覺得自己太沒用了。現在姥爺已經看不見了，還得病了，他能夠每天堅持傳授我一些活計，已經非常辛苦了，我又怎麼可以一直去依賴他呢？再說了，在此之前，我不是還在心裏興致勃勃地準備把學校裏的鬼怪都搞定，來證明一下自己嗎？怎麼現在到了關鍵時刻，我就開始認輸了？

這可不是男子漢的作風！我想起了二子的話。雖然我年紀小，但是我也下決心做一個男子漢，所以，我不能退縮。

我既然來到了這個學校，那麼這裏的一切事情，就和我脫不了關係。清除這裏的髒東西，就是我的分內之事，因為我是陰陽師門的人，這是我的責任！

想通這些之後，我立刻飛快地向著校長室跑過去。

我要去拿回我的打鬼棒，繼續戰鬥！

我往校長室跑去的時候，發現此時二樓東頭聚集了一大群人，我趴在欄杆上往外看，才發現一樓還在進行救援。

校長和幾個老師正拖著一根繩子，繩子的另外一頭繫在一個水性比較好的老師腰上，讓那個老師下水去找歪嘴主任。他下去摸了一大圈也沒有找到，只好無功而返。

「壞了，看來是被沖遠了，胡主任的水性不好，這下可怎辦啊？」人群中有人說了一句。

氣氛立刻變得恐慌起來。死人了，洪水淹死人了！

「快，快，所有學生全部回到教室裏，水退下去之前，誰也不准出來，班主任還有代課老師，全部都去看著，不能再出事了！」校長有些氣急敗壞地對著樓上大喊起來，似乎對於歪嘴主任的死感到非常痛心。

見到校長發飆了，所有的老師和同學都心有餘悸地回到教室，一些頑皮鬧騰的男生也不出聲了，大家都擠著坐在教室裏，不敢說話。

二樓的走廊一下就清靜了，我一個人站在那裏，就有些顯眼，於是一個老師很快發現了我，他衝上來，一抓我的手臂，把我往最近的一間教室裏推，生氣地呵斥道：「誰讓你出來的，還不快點進去待著，想死是不是？」

我心裏暗叫不好。我知道，一旦被關進去教室，可能就很難再出來了。而如果我出不來的話，肯定就沒有機會奪回打鬼棒了。沒有打鬼棒，我怎麼和那個髒東西鬥？用中指血？用童子尿？但是這麼大的雨，這些東西就算我有，又有什麼作用呢？雨一淋，不就沒效果了嗎？所以，無論如何，我都不能讓那個老師把我關起來。

「不，不，我不能進去，田先生還要給我打針吃藥！」情急之下，我對著那個老師大喊。

老師這才停下了粗魯的動作，把我放開來，黑著臉對我說道：

「你跟我來，我帶你去田先生那裏，我倒要看看你是不是在說謊！」

我只好跟著他一路來到田先生的臨時醫務室。

田先生見到我們，愣了一下，皺眉問道：「怎麼了？」

「這小子說你要給他打針吃藥，有這事麼？」那個老師看著田先生問道。

「哦？」田先生愣了一下，望了我一眼，見我正在對他擠眼睛，連忙點點頭道：「嗯，是有這麼回事，把他留在我這裏吧，你去忙你的事。」

「好啊，那就交給你了。」那個老師說完就出去了。

「方曉，怎麼了？出什麼事情了嗎？」田先生目送那個老師出去之後，連忙低聲問我。

「田先生，你得幫我一個忙。」這個時候，我只好向田先生求助。

「怎麼了，你說。」

我皺眉想了一下，先不說讓他幫我什麼忙，而是問道：

「你相信世上有鬼嗎？」

「啊？」田先生不由得臉色大變，一把將我拉到他身邊，接著抬眼看看外面，確定沒有人，這才皺眉看著我道：「你看到什麼了？快說，你看到什麼了？」

我心裏立刻明白了，也不再追問他，直接說道：

「學校的後牆是一個陰煞眼位，要破除才行，不然的話，會害人。」

「啊？你，你說什麼？」田先生更驚駭了，一下子把眼鏡摘了下來，直愣愣地看著我，問道：「方曉，你，你到底幾歲？什麼來頭？你是學道的？」

「我不是學道的，我聽姥爺講過這樣的故事，而且學校後牆那邊很陰森，我有經驗，知道那是陰煞眼位。那裏有髒東西，要除掉才行。本來我有工具對付它的，但是，現在那個工具被校長沒收了。」我抬頭看著田先生，問道：

「田先生，你能不能幫我把那個工具要回來？」

「這個，方曉，我不知道你說的是真是假。說實話，這些東西，寧可信其有，不可信其無吧。我反正是看不到，只是大概有那個感覺。」田先生鎮定了一些，這才問道：

「你那個工具是什麼東西？為什麼現在就要？你看這又是風又是雨又是洪水的，就算你要對付那個東西，也不趕在這個時間啊。現在這個情況，你怎麼對付它？游過去和它打水仗？」

「今晚天黑之前，我必須要拿到那個工具，不然的話，我們全樓的人都要遭殃，那個東西已經得到食物了，晚上天黑之後，它自己會游過來的。」我很認真地說道。

「什麼食物？它還吃東西？」田先生疑惑地問道。

「屍氣，新鮮的屍體，胡主任淹死了，屍體在水裏，已經被那個東西抓住了。」我把情況大概說給他聽，又擔心他不能理解，補充道：

「那裏陰煞的怨氣很重，好像是冤死的，所以，一旦有了血氣補充，就會出來害人。今晚，為了保證大家安全，我必須要拿到那個工具，然後想辦法擋住它。我曾經對付過這樣的東西，我有經驗。」

「哦——」田先生臉上的神情很精彩，混合了糾結與懷疑。

「你，你那個工具，是什麼東西？」田先生糾結了半天，最後一咬牙，也不去管我的話是不是真的了。

「雕花桃木棍，被校長別在後腰上了，你能幫我拿回來嗎？」我問道。

「這個……」田先生猶豫了一下，說道：「我試試看吧，不行的話，我們再想其他辦法。走，你跟我一起去，看能要回來不。」

我心中不由得暗喜，因為我原本就沒打算讓他幫我要回打鬼棒，我只需要他帶著我走出去就行了。有田先生領著我，那些老師就不會再來攔我了。

第三十三章

恐怖鬼娃

那個女孩一直背對著我，我只看到她紮著一對馬尾，
她一轉身，我赫然看到了一張恐怖的鬼娃之臉！
那張臉皮肉鐵青，雙眼黑洞洞的，沒有眼珠，
一條軟軟的舌頭掛在嘴角，還在流著黏液。

此時水勢更猛了，已經漫上樓梯口了。校長和幾個主任老師正坐在一樓和二樓之間的樓梯轉角上抽菸休息，都沒有說話，氣氛很沉悶。見田先生到來，幾個老師和他打了一聲招呼，校長只是抬頭看了一眼，又自顧自地抽菸了。

田先生領著我來到校長面前，微笑著對校長說：

「校長，我求你個事情行不？」

「啥事，說。」校長的態度很冷淡。

「那個，你是不是沒收了這個孩子的一樣東西？能不能還給他，他這會兒發燒了，一直在鬧騰，說沒那個東西，他就不活了，你看——」田先生說到這裏，含笑地看著校長。

校長一下子站了起來，晃著裹在雨衣中的肥胖身軀，冷著臉，揮手對田先生說道：「東西我沒收了，那是封建迷信的東西，絕對不能再拿回去。你帶這小子回去，他要鬧就讓他鬧！」

田先生和那些老師的臉色尷尬起來，大家面面相覷，卻都不敢說話。田先生低頭看了看我，無奈地搖了搖頭。

我心裏對校長就有些憤怒了，想刺激他一下，於是非常大聲地說道：

「我看到胡老師爬到學校後院的牆頭上了，正在招手叫救命！」

「啥?!」校長驚得全身觸電一般抖了一下，嘴裏叼著的菸掉在了地上，整張臉變青了，驚愕地看著我。

我心裏一陣暗爽，知道他這是做賊心虛，於是繼續說道：「不信的話，你們自己去看看就知道了。」

校長還沒有說話，其他幾個老師，包括田先生都衝上了二樓，趴在欄杆上，伸頭向外張望。

校長幾乎呆掉了，站在原地邁不開步子，只是哆嗦著手，全身微微抖動著。

我趁著他失魂落魄的當口，迅速跑到他的身後，掀起他的雨衣，迅速地把打鬼棒拿了回來。

「你，幹什麼?!」

校長猛然驚醒，一轉身，把我逼到角落裏，神情古怪地看著我。

「不幹什麼，我要拿回我的東西。」

我抬眼看著校長，發現他的嘴唇都發紫了，估計這會兒精神已經快要崩潰了，心裏又有些不忍。

我一邊繞過校長，一邊對他低聲道：

「放心吧，那個人已經死了，只是屍體被髒東西捲過去了。今晚髒東西可能要作怪，我得有這個東西才能對付它。」

「啊？」校長又是一愣，嘴巴張得老大，驚聲問道，「他真的已經死了？」

我點了點頭，對他說道：「不信你自己上去看，應該已經看不到了。」

「是嗎？」校長一邊抹著額頭的冷汗，一邊三步併作兩步，奔上二樓，扒開那些老師，也趴在護欄上，伸頭向後院圍牆方向看去。

他一看之下，發現那裏果然沒有人影，這才放下心來，鬆了一口氣。

校長立刻又來了精神，一轉身看到正在路過的我，眉頭一皺，上來攔住了我，冷著臉說：「方曉，你跟我到辦公室來！」

校長又抬頭對其他老師說道：「你們都在這兒看著，不要擅離職守，我已經打電話到鎮上求援了，他們很快就會來救援。他們來了之後，馬上通知我！」

校長說著，一把抓住我的手臂，把我往辦公室裏帶。我本來可以掙脫他的，但是，又覺得這個時候，有些事情不能不和他說一下。於是我橫下一條心，跟他進了辦公室。

我不怕校長在辦公室裏對我不利，因為，就他那矮胖的身材和板磚拍人後腦勺的陰險舉動，還對付不了我，不管怎麼說，我也是對付過兩個高手的人。校長要是膽敢對我有什麼舉動，我絕對可以讓他吃不了兜著走，我的陰魂尺帶在身上，我不對他不利，就已經算是他的運氣了。

校長把辦公室的門關上，轉身看著我，沉默了半天都沒有做聲，最後走到辦公桌旁邊，端起杯子咕咚咚地喝了一大杯水，這才喘著粗氣坐下來，點了一支菸，微微抬眼，儘量裝出鎮定的神色說道：

「你說吧，到底是怎麼回事？什麼髒東西？你這小子到底是什麼來頭？怎麼知道這麼多迷信思想的？」

「你自己不是也迷信嗎？」我感到好笑，很直白地揭穿了他。

「你說什麼？」

我見他故意裝出懵懂的神情，知道他是在試探我，於是大搖大擺地在沙發上坐下來，也端起水杯，痛快地喝了一通，這才眯著眼睛，裝出一副老成的模樣，壓低聲音說道：

「你身上穿的衣服，應該是廟裏求的吧？開過光，可以對付髒東西吧？你早就知道這個學校裏不乾淨，對不對？」

「這個，好吧，這個先不說了。你先說說你是什麼來頭，你這個年紀，怎麼知道這些東西的？」校長岔開話題，開始追問我的身世。

校長的詫異很正常，我外表確實只有七八歲，但是，我的心智卻和成年人差不多，有了古墓那段經歷之後，我現在裝大人就更像了。我知道，這個時候，我一定要裝得高深莫測才行，不然他很難聽得進我的話。

我於是一臉淡然地微笑道：

「你是校長，應該知道我是靠誰的關係，進了這個學校的吧？」

「哦，知道啊，正是因為那個人的關係，我才和你說話，不然的話，你以為我有閒心逗小孩玩？」校長有些心虛地發了一通牢騷。

我不禁冷笑了一下，瞇眼看著他說：

「林副市長曾經破獲了一個重大的盜墓案，破案的時候，他曾經請了兩位奇人幫他偵破案件，你知道那兩位奇人是誰嗎？」

「是誰？哼，你不會說是你吧？」校長一邊抽著菸，一邊聳著肩問我。

「不錯，就是我和我姥爺。所以，我是專門對付髒東西的，我一進學校，就知道這裏不乾淨，我來這裏的目的，就是把髒東西除掉，這是我的責任。不過，要做到這些，還需要你配合我一下。現在學校裏人太多了，一個不小心，說不定就會有人遭殃。」

「你，你……」校長愣了半天，最後才鎮定下來，看著我問道，「你真的可以對付那個東西？」

「有了這個東西，差不多可以對付一下。」我對校長晃了晃手上的打鬼棒，得意地說道：「你應該是知道我這個棍子可以對付那個東西，所以想私吞，是不是？要不然你非要沒收這個東西做什麼？」

「啊？哈哈，這個啊，先不說啦。那個啥，方曉同學，來來，坐下來，咱們再好好談談嘛。」

校長被我揭穿了之後，滿臉尷尬地岔開話題，給我搬好了椅子，然後滿臉期待地問道：「方曉同學，能說說你準備怎麼驅除那個東西嗎？需要我怎麼配合？」

「那個東西得到了食物，也就是胡主任的屍體，晚上應該會作怪，到時候，我會想辦法在外面擋住它，你要做的就是管好老師和同學們，讓他們不要出來搗亂就行了。」我把自己初步的想法說了出來。

不過，說實話，我心裏壓根兒就沒底，根本就不知道到底要怎麼辦。

我唯一能夠想到的就是，要是那玩意兒膽敢來搗亂，我就在走廊上和它戰個痛快。而當我對付那玩意兒的時候，老師和同學們最好都能鎮定一點，他們只要躲在教室裏就可以了。教室裏有名人像，罡氣很重，那個東西再凶也進不去。

「嗯，好，那，那你一個人行不？」校長有些疑惑地問道。

「我也不知道，只能試試看。我道行淺，不一定行。」我如實地說。

「嘿嘿，你看你這就謙虛了吧？好啦，你的意思我明白啦，放心吧，這事我會全力配合。對了，方曉同學，你說那個髒東西把胡主任當食物了，那你怎麼就這麼確定胡主任已經死了呢？你看到他落水的樣子了？」

校長不經意地問了一個奇怪的問題。然後他專注地看著我，似乎想捕捉我臉上的任何表情變化。這個時候，我就是再傻，也知道他是想要探我的口風，看我是不是看到他的犯罪事實了。

我很淡然地對他說道：「我沒有看到他是怎麼落水的，但是我能看到髒東西。」

「啊哈，原來是這樣啊。」校長的面色緩和下來，心情很舒緩地坐回椅子裏，一邊抽著菸，一邊說道：「好吧，既然這樣，那你去準備吧。」

我也放下心來，起身往外走。

「不對啊，方曉同學，你等一下。」校長又叫住了我。

「怎麼了？」我還以為他看出來我在說謊了，心裏頓時有些緊張。

「那個，要是老師和同學們都不能出來，那要上廁所怎麼辦？」

「讓他們現在就去上廁所，上完了趕緊都回去，不准再出來。」我對校長有點無語。

總算是解決了所有的問題，校長這才完全放下心來，對我揮揮手，讓我自己去準備。

我走出校長辦公室，就見到田先生正在門口等著我。

見到我出來，田先生連忙上來拉著我，有些擔憂地低聲問道：「怎麼樣，他沒為難你吧？那個事情——」

「沒事，你放心，我只是讓他配合我晚上的行動。」我抬頭說道。

田先生這才鬆了一口氣，領著我往醫務室走去，一邊走一邊擔憂地問道：「晚上，真的會出現麼？」

我知道他還是不太相信我剛才說的話。

「會的。」我對他點了點頭，「晚上我不能睡覺，我現在先去睡一會兒，天黑之前，你記得叫醒我。」

「好，你放心吧，到時候我叫你。」田先生在靠牆的地方，挨著王大貓躺著的軟墊子，給我清理出了一塊小地方，讓我躺下睡覺。

我躺下之後沒多久，就聽到外面一陣亂哄哄的聲音傳來。我聽到了校長的呼喝聲，知道他正在指揮大家上廁所，就沒再仔細去聽。

這一覺睡得昏天黑地，直到我突然醒過來，抬頭一看，發現外面天已經黑了。我奇怪為什麼田先生沒有及時把我叫醒，扭頭一看，看到田先生也趴在桌子上睡著了。

我嘆了一口氣，知道田先生也忙了一天，可能是太累了。我沒有驚醒他，起身開門，來到走廊上。

我發現所有的教室都緊閉著門，沒有燈光，一片黑暗，偶爾有輕微的動靜傳出來。見到這個情景，我知道大家應該都已經得到了校長的囑咐，在教室裏休息了。

這時候，天還在下著大雨，風聲雨聲一陣陣的，氣氛很悲涼。我趴在欄杆上往樓下看，發現洪水一點兒都沒有回落。

「方曉，你醒啦？」一個黑影從樓道另外一頭向我跑過來，拿著手電筒。

我側頭一看，先是被手電筒照得兩眼發花，接著才看清那個人是校長。

「老師和同學們都休息了嗎？」我問道。

「我都交代好啦，夜裏絕對不會有人出來的。」校長從雨衣裏又掏出一個手電筒遞給我道，「這個你拿著，今晚就靠你啦，你可要堅持住啊，一定要把那個東西打跑。」

「嗯，我儘量。」我接過手電筒，點了點頭，「你等下去哪裡？」

「我跟著你行不行？」校長問道。

「你不怕嗎？」我有些驚訝。

「不怕，你忘記我有法衣了嗎？這是我在天龍寺求的衣服，厲害著呢，任何鬼怪都不敢近我的身。」校長很得意地說道。

我心想我一個人其實也有些害怕，不如就讓他給我當幫手，陪著我一起守夜好了，於是對他說道：「那好吧，我們一起守夜吧，不過，你要聽我的，那些東西你看不到，亂跑亂走的話，可能會中圈套。」

「放心吧，我聽你的。」校長很興奮地勒了勒腰帶，把手電筒滅了，和我一起靠著欄杆站著，「咱們就這麼等著？」

「嗯，就這麼等著，我在看它的動靜。」

由於下雨，天上沒有任何光亮，在這一片黑濛濛之中，放眼看去，只能依稀看到遠處起伏的大山輪廓，根本看不清那截斷牆。我不由得有些擔憂，不知道情況到底怎樣了。

校長沒話找話，對我說道：

「剛才你睡著的時候，鎮上派了機帆船過來，送了些吃的東西，讓我們堅持住，等待救援。聽他們說，沭河發洪水了，鎮上的災情也非常嚴重，很多地方被淹了，他們趕著搶救被淹的人，所以一時半會兒還顧不上咱們這裏。不過，咱們也不用擔心，這裏是樓房，淹不了。」

我心想，沭河發大水了，那姥爺在河邊的房子豈不是被淹了嗎？我突然覺得，我和姥爺搬離了那間小房子，似乎是冥冥中注定的，不然的話，說不定我們現在已經被淹死了。

我隨即轉念一想，又覺得事情不是我想的那樣，因為，按照姥爺給我講過的故事，這大雨和大水，其實是受河神控制的，也就是說，如果那個河神不作怪的話，不會發洪水。這也是為什麼姥爺在河邊住了這麼多年，從來沒有被淹過的原因。

上一任河神，和姥爺的關係不錯，經常一起喝酒。而現在的河神，應該就是那個開汽車的司機，這傢伙會不會因為剛上任，對自己的工作不熟悉，所以發了大水？

「那你白天沒睡覺，晚上不累嗎？」我看到校長在打哈欠，就問道。

「睏啊，不過，讓你一個人在這兒待著，我也過意不去啊。」校長揉了揉眼睛，再次打了一個哈欠，有些尷尬地對我笑笑，「我真有些睏了，這一天把我累得，嘿，好久沒這麼累過了。要不，你先守著，我就靠牆角坐著，睡一會兒。」

「不用，你去教室裏睡吧，有事情我叫你。」我知道校長就算留下，也幫不了什麼忙。

校長點了點頭，轉身往教室走去。我心裏突然冒出一個問題，「學校後牆那一間小屋，一直鎖著門，那是幹什麼用的？」

「啊？那個啊，是放肥料和農具的，裏面的東西不常用，又怕東西被偷，就一直鎖著。」校長先是一愣，接著懶懶地說道。

「噢，那沒事了，你去睡吧。」我對他揮了揮手。

走廊上就剩我一個人了，氣氛立刻變得有些陰森詭異。我原本以為自己已經非常大膽了，天不怕地不怕了，可是，真的到了戰場上，我才發現，其實我的害怕一點兒都沒有減少。

我看著漆黑的夜色，聽著劈啪的雨聲，臉上感觸著潮濕的大風，不由得全身發毛，於是就向後退，一直退到牆邊，縮著脖子蹲了下來，非常狼狽。

我把打鬼棒緊握在手裏，又畫蛇添足地把陰魂尺也抽了出來，這才感覺到一點安慰，心情稍微鎮定了一些。

我就這麼一手捏著陰魂尺，一手握著打鬼棒，精神高度緊張，用眼睛四下掃視著，警惕著任何異常情況的發生。

就在這時，天空突然泛起一抹白光。我心裏一緊，抬頭看時，卻發現烏雲壓頂、大雨瓢潑的東邊天空，貼近地平線的地方，居然展露出了一片白色雲層。

由於雲層的出現，天地之間變得有些灰濛濛的清亮。我站起身，走到欄杆邊上，不多時，竟然看到一輪又大又黃的月亮，從雲層底下晃晃蕩蕩地升了上來。

月亮被雲層遮擋著，光芒非常暗淡。在這種天氣裏，這個景象顯得很突兀，給人感覺極為詭異。

我眼角黑影一動，學校後面淹沒在大水之中的斷牆居然可以看清了，我看到一個黑影，正站在牆邊小屋的屋頂上。我心裏一凜，連忙瞇眼看去，發現那個黑影全身黑氣繚繞，不由得兩手抓緊陰魂尺和打鬼棒，等待它的下一步行動。

奇怪的是，我這麼傻愣愣地注視了它半天，那個黑影竟然沒有任何動靜，像是一尊雕像一般。

我有些納悶，注意力就有些放鬆了。我覺察到了身邊的微妙變化，有一陣微風從我的後脖子吹了過去。

我下意識地回頭向後看去，身後什麼也沒有。我隨即抬眼向田先生的醫務室看去，卻看到一個小女孩的身影一閃，進到醫務室裏去了。

「咦？」我想不出來，這麼晚了，進醫務室的人會是誰。

一開始，我還以為是我精神太緊張，看錯了，但是隨即推翻了這個想法。因為這時的朦朧月光，正好照著醫務室的房門，而那個走進去的女孩穿著一身鵝黃色衣服，衣服的反光很扎眼，我清楚地看到了她的背影。

我忍不住好奇，就往醫務室走去，想看看到底是誰。就在我距離醫務室還有十來米的時候，「吱呀——」一聲輕響，醫務室的門打開了，一個小孩的身影，從裏面顛顛撞撞地走了出來。

那個小孩穿著一身黑衣，我看出來是劉小虎。

我以為劉小虎可能是剛剛從昏睡中醒來，想要出來尿尿的。他走到樓梯口，一轉身消失了。我猛然想起一個事情，連忙向劉小虎追了過去。

我一邊跑，一邊在心裏責怪自己的疏忽。我已經意識到自己錯在哪裡了。剛才我還在糾結自己是不是看錯了，而那根本就不是什麼「女孩」，因為「她」走進醫務室的時候，壓根兒就沒有開門，「她」是穿門而入的，醫務室的門直到劉小虎出來時才被打開。

我感到最擔心的是，今晚是月圓之夜。在月圓之夜，劉小虎似乎總是要去什麼地方去和他的姐姐見面吧？那麼今天晚上，他是不是要如期赴約？

剛才那個貌似女孩的身影，難道是劉小虎的姐姐來找他嗎？因為她弟弟沒有去赴約，所以親自找上門來了？

我不禁更加擔憂劉小虎的情況，我知道，只要走下教學樓，洪水就可以直接沒過我們這些小孩子的頭頂。如果劉小虎走進校園，那麼恐怕就算我追上他，也救不了他了。

我趕到樓梯口的時候，總算又看到了劉小虎的身影。這時，他已經走到了樓梯的轉角，開始向下走了。

我連忙一蹦，想更快追上劉小虎。可就在我的身體跳在半空中時，卻看到劉小虎的身邊，居然站著一個女孩！

那個女孩穿著鵝黃色的衣服，正拉著劉小虎的手。她站在劉小虎身邊靠牆的一側，剛才劉小虎把她的身影擋住了，所以我沒有看到。

我不禁心裏一怔，一分神，有些失去平衡，落地的時候沒站穩，腳下一滑，咯登登，從樓梯中間滑到了轉角的地面上。

這時，劉小虎已經踏上直通一樓的樓梯了。我趴在轉角上，可以看到波光粼粼的水面，心裏一沉，翻身跳起來，衝上去要拉劉小虎。

就在這時，劉小虎身邊那個一直悄無聲息的女孩突然轉頭向我看了過來！

那個女孩一直背對著我，我只看到她紮著一對馬尾，肩頭纖瘦。可是，她一轉身，我正對著她的臉，赫然看到了一張恐怖的鬼娃之臉！

那張臉皮肉鐵青，額頭滿是青筋暴起，雙眼黑洞洞的，沒有眼珠，嘴巴張得大大的，一條軟軟的舌頭掛在嘴角，還在流著黏液。

「嘿——」我頭皮一炸，本能地把打鬼棒向前一揮，向著那個鬼臉砸過去。

沒想到，我的打鬼棒打出去之後，居然被抓住了。

猛然見到抓住我的打鬼棒的手臂，我一驚，心想，能夠抓住打鬼棒的東西，可是不一般，要是它真有這個能力，那我今晚要倒楣了。

可是，我定睛再看，卻發現抓住打鬼棒的手，是劉小虎的。

劉小虎閉著眼睛，微微低頭站著，動作非常機械，但是卻異常敏捷。這傢伙，應該早就對我的舉動有所防備。我不由得心裏一驚，莫非劉小虎是在裝迷糊？他壓根兒一直就是非常清醒的？

「劉小虎?!」我試探地喊了他一聲。

我的聲音還沒有落下，突然一聲尖細刺耳的「嘻嘻哈哈」的聲音從劉小虎的身後發出來，接著就看到那個鬼臉女娃猛地一拉劉小虎的手臂，拖著他就往樓梯下跑去。

這時，劉小虎還死死抓著我的打鬼棒，他這麼往下一滑，差點就把打鬼棒從我手裏拽走了。

我很清楚打鬼棒對我的意義，絕對不能失去它，所以，我就雙手握緊打鬼棒，用力地往後拽，想把打鬼棒奪回來。

但是，我站著的地面水漬淋淋，很濕滑，所以，我一用力，腳下又一滑，我就仰面朝上，倒在樓梯上，順著樓梯咯咚咚一路滑了下去。

我滑倒時，劉小虎的腳被我一蹬，也倒下了，不過，他是趴著倒下的，而且是趴在我的身上。

我每滑過一個臺階，後腦勺就在臺階上磕一下。一連滑了七八個臺階，一直滑到了一樓的水裏，這才停了下來。我感覺自己的後腦勺幾乎被磨平了，麻木了。

「呼啦——」水花四濺，我感覺全身一陣濕涼，整個身體滑進了水中。

乍一進水，我連忙踢騰抓撓，一邊費力地推開身上壓著的劉小虎，一邊拼命翻身，想站起來。

由於水的浮力，劉小虎很容易就被我推開了。我翻身伸手向地上按去，手掌倒是摸到了硬梆梆的水泥地，但是雙腳找了半天，還是沒踩到踏實的地方。

我雙腳擺動著凫水，穩定了身體，探頭出水，大口地喘氣，四下一看，這才發現，我現在已經滑過了教學樓的走廊，滑到通往校園的臺階上了。我抓著的水泥地面正是走道的邊角，我漂在水波晃蕩的洪水中。

我深吸了一口氣，兩腳拼命蹬水，向前一躍，終於回到了一樓的走廊上。我連忙趴到牆邊，扶著牆站起來，才轉身查看劉小虎的情況。

可是，劉小虎的身影已經看不到了。

我氣得一聲低吼，緊握著打鬼棒，一拳砸到了牆上，接著就彎腰趴在水面上，一邊喘著粗氣，一邊估摸著劉小虎所在的方向。

就在我費力地找了半天，沒有看到絲毫蹤跡，快要絕望的時候，突然眼角一動，我的右前方大約十來米的水面上，似乎漂蕩著一團黑乎乎的東西。

我連忙把腰上掛著的手電筒抽出來，對著那團黑乎乎的東西一照，發現那是一個半圓形的、一漂一漂的東西，和一個西瓜差不多大。

我立刻意識到，那東西很有可能就是劉小虎。因為，淹水的人喝飽了水，就會這麼面朝下漂在水裏的，後腦勺露出水面。

於是我把手電筒放在一樓的窗臺上，讓燈光照著那個東西，把陰魂尺和打鬼棒都插到腰裏，這才凫水向那個黑東西游過去，準備把他拖過來。

大雨滂沱，狂風猛吹，我在水裏游得很吃力，連喝了好幾口水，這才差不多游到那個東西旁邊，然後就踩水停下，伸手在水下摸。

我首先摸到了一隻胳膊，不由得心裏一喜，知道找對了，就單手抓住那隻胳膊，拖著它轉身往回游。

可是，我轉身之後，連續蹬了好幾次水，使了好大的力氣，居然沒能游多遠，後面拖著的那個東西，實在是太重了。我不由得心裏有些納悶，劉小虎怎麼會這麼重？

我突然意識到了一個事情，為什麼自從我抓住那條以為是劉小虎的胳膊之後，就一直感覺怪怪的了。因為，那條胳膊太長太粗了，完全是一條成年人的胳膊。

既然我抓住的胳膊不是劉小虎的，那麼，很顯然，我抓住的人就不是劉小虎了。

不是劉小虎又會是誰？

這大半夜的，水裏突然出現一個死人？

我心裏一哆嗦，下意識地鬆開那隻胳膊，緩緩地蹬水轉身，想看看身後到底是個什麼東西。

「啊呀！」我感覺我的心都要炸開了，因為，我看到了一張青白色的人臉，咧嘴笑著，翻著白眼，我能夠看到被水泡得脫落的肉皮，幾乎能嗅到那張臉上的腥臭氣息。

那張臉的主人，正是那個歪嘴主任！

我知道大事不妙了，明白這是那個陰煞在作怪，連忙拼命蹬水向後逃。我幾乎本能地探手向腰間摸去，想抽出打鬼棒，給歪嘴主任的屍體來那麼一下，讓那個陰煞知道厲害。

就在我伸手去摸打鬼棒的時候，突然感到有一雙手從水底伸了上來，一下子抓住了我的腳脖子，然後猛地往下一拉，把我硬生生地拉進水裏去了。

「咕咚咚，喔，咳咳，啊——」我沒有防備，整個人沒進了水裏，被嗆了好幾口水，胸口一陣窒息。

不過，好在我已經把打鬼棒抓在手裏了。我也不管四周是什麼情況，閉著眼睛，拿著打鬼棒在水底拼命地四下揮舞。

我這麼一陣亂打，腳上的那雙手果然鬆開了。我感覺腳上一鬆，於是一扭腰，翻身掉頭向下，手裏的打鬼棒猛地向下戳去。

「咕嚕嚕——」

打鬼棒戳出去之後，就聽到一陣攪水聲。我睜開眼睛，向水底看去，借著手電筒從水面透下來的光芒，看到一道黑墨墨的影子，向遠處遁逃而去。

我連忙翻身向上，踩著水，把頭伸出水面，也不管歪嘴主任的屍體了，衝回了走廊上，這才轉身向水裏看去。

我發現歪嘴主任的屍體已經不見了，借著淡淡的月光，我看到學校西南方向的一個小山包上，似乎有一個小小的黑影正在微微晃動。

見到那個黑影，再聯想到那個方向，我心裏一沉，想到了一個非常嚴重的事情。

那個小山包在學校後牆外面不遠的地方，只有很稀疏的幾棵小樹和一些矮矮的茅草。小山包只有五六米高，平時站在教學樓上也能看到。我第一次聽說關於劉小虎的奇怪事情後，就知道這個山包應該就是他和他姐姐見面的地方。

今晚，又是個月圓夜，而且，似乎剛才那個陰魂是劉小倩，她帶走了劉小虎，現在那個小山包上的黑影，肯定就是劉小虎了。

我不知道劉小虎是怎麼到那邊去的，但是我知道，這麼深的水，而且劉小虎目前的意識好像還不清醒，如果不能及時過去救他，恐怕他今晚多半是回不來了。

一想到劉小虎可能要出事，我心裏又是自責又是憤怒。自責的是，我落水的時候，不該推開劉小虎，憤怒的是，這大雨大風的詭異夜晚，鬼魂作怪，實在是不可饒恕！

不幹掉你，我就不叫方大同，我就不是陰陽師們的人！

我有些瘋狂地衝進一間教室裏，從教室裏搬出一張楊木做的課桌，扔到水裏，然後飛身跳了下去，上半身趴在課桌上，兩腿蹬水，一路向那個土山包游去。

雖然我當時很憤怒，但是我的每一個舉動都是經過仔細考慮的。首先，我刻意挑選了楊木課桌。

我很小的時候，就認識了這些木料，所有的木料中，就數楊樹的木料最輕最脆最不值錢。楊木做成的東西，伸手一摸就能感覺出來，又大又軟，像是泡沫一般，這是很好辨認的特點。

其實，以我的水性，我並不是非得要這個桌子，但是，我準備等下抓住劉小虎之後，可以不費力氣就把他弄回來。

我想好了，等到了那個土山包，不管是什麼情況，我先下狠手把劉小虎揍暈，然後用茅草把他綁在桌子上，然後把他拖回來。

我一開始扶著桌子在靠近樓道的地方游動時，還沒有發現什麼不妥，等到游出數十米之後才發現，洪水正好是從劉小虎所在那個土山包的方向流下來的，水勢太大，我每向前游一步都要費好大的勁。如果不抱著那個桌子，或許還省一點力氣，現在有了那個桌子，游起來更費勁。

我在心裏怒罵了一句，怎麼我去那個土山包就這麼費勁了？劉小虎是怎麼過去的？他怎麼在這麼短的時間內，就已經在那裏了？

難不成他是從水底過去的？被鬼拖過去的？

我不相信鬼有這個能力。或許鬼真的能把他拖過去，但是拖過去肯定就是個死貨了，像他現在那樣行動，是絕對不可能的。

姥爺早就和我說過，鬼要弄死人很容易，但鬼想要救人，就不太可能了。

「肯定有什麼原因的！」

我在心裏前思後想了一番，覺得我一定忽略了什麼事情，才會這麼費勁的。

我開始冷靜下來，觀察四周的水面，發現在我身體的右側，也就是西面的位置，不到五六米遠的地方，有一條灰白色的水痕。

我不由得一拍腦袋，頓時徹悟，連忙拖著桌子，向那邊游了過去。

游到那條灰白色水痕處，我扶著桌子伸腳往下一試，果然和我預料的一樣，這裏水不深，只到我的大腿。

我很高興，於是讓桌子漂在身前，兩手抓著桌子腿，就這麼蹚著水，一路向前走過去。這時雖然洪水還是不停從斜前方湧過來，但是已經不能撼動我的步伐了。

這條灰白色的水痕帶，其實就是先前倒塌的學校圍牆。圍牆是南北方向的，一直通到距離土山包不遠的地方。我這時大概明白劉小虎是怎麼走到土山包上的了。

我就這麼蹚著水，推著桌子，來到了圍牆的盡頭，到了距離土山包不到二十米遠的地方。

我的面前是一片黑湛湛的水面。我知道，在土山包和學校的圍牆之間，原本就是一條小河溝，現在又發了大水，這片水很深。越深的水，看起來就越黑湛。

我一時沒敢游過去，因為，有一道很大的水流，正好順著河溝的方向往東流。我現在站在水流邊上，就已經能夠感覺到水流的衝擊力了，要是游到水流中間的話，肯定會被沖下去。所以，為了能夠順利游過這段河溝，我必須要好好休息一下，鼓足了力氣才行。

我扶著桌腿站著，喘著氣，抬頭往西南面的土山包上望去。我立刻覺得四周的氛圍有些不對勁了。

我過來時，可是大雨瓢潑、狂風呼嘯、黃月懸掛、雲層壓頂的。可就在我抬頭去看土山包的一瞬間，大雨變成了毛毛雨，風也變成了嗖嗖冷風，最要命的是，居然還起了一層水霧，天空中的黃月亮朦朧起來，就像一塊圓圓的灰白色紙片了。

「啊呀呀，啊呀呀，一串牽牛花呀，爬滿竹籬笆呀……」

一陣輕快的小女孩的歌聲傳來，我不由得循聲望去，看到土山包頂上的茅草坪裏，此時有兩個坐著的小孩子的身影。

我努力看清了那兩個人的模樣。一個人背對我坐著，穿著鵝黃衣服，紮著兩個馬尾，是個女孩，歌就是她唱的。另外一個人盤腿坐在地上，是劉小虎，直愣愣地看著前方，一聲不吭，他的手臂一直往前伸著，姿勢很古怪。

「竹籬笆，當春插，三伏夏，陰涼下……」

背對我坐著的女孩一直唱著，接著，她伸出雙手，抓住了劉小虎的手臂，然後捋起劉小虎的袖子。她從身下的茅草叢裏拔了一根茅草針，抬手就在劉小虎的手臂上扎了一下。

劉小虎被茅草針扎的時候，全身明顯抖了一下，但是隨即又一動不動了。

「不疼啊，不疼啊。」女孩一邊安慰著劉小虎，一邊拿起一片打好捲的茅草葉，將草葉捲筒的一頭對著劉小虎手臂上被扎出來的小孔，讓裏面流出來的血都灌到捲筒裏。

茅草針扎出來的血孔很小，所以，血灌滿了一片茅草葉之後，也差不多沒有了。女孩接著又拿起茅草針，在劉小虎的手臂上扎下去，又灌了滿滿一草葉的血。

見到這個女孩的舉動，我先是一愣，隨即恍然大悟，想起了姥爺給我講過的一個故事，叫「鬼屍吸血」。

有些人死後由於怨氣太深，陰魂一直不散，就會變成「煞」。煞分成白煞和黑煞。白煞對人的危害還算小一點，一般不會故意傷人，而黑煞則完全由怨氣鬱結而成，一旦出現，必然傷人。而且黑煞傷人之後，還會利用自己強大的怨氣之力，控制那個人的陰魂，使得那個人的軀體和陰魂都成為它的傀儡。

黑煞想要長期存在，就必須想盡辦法保證它的屍體長期保持血氣充足的狀態。黑煞會控制它的傀儡陰魂去迷惑一些活人，採集活人身上的新鮮血液，供它的屍身使用。

這種控制陰魂、活人採血的行為，就叫做鬼屍吸血。所謂的鬼屍，指的就是黑煞的屍身。普通人的屍體沒有什麼兇氣，只有這種「煞」的屍身，才能稱為鬼屍，是對人傷害比較大的。

鬼屍吸血，如果只是一兩次的話，對人的危害並不是很大，但如果長此以往，就會讓那個被採血的人元氣流失，身上戾氣越來越重，最終甚至會失去心神，變成一個陰氣纏身的瘋子。

這時候，我終於明白了為什麼第一眼見到劉小虎的時候，就覺得這傢伙有些奇怪，總感覺他很粗魯，原來那是他身上戾氣很重的緣故。

我也終於明白為什麼劉小虎每個月圓的夜晚都要到這個土山包上來了。劉小虎的姐姐，那個女鬼娃，應該已經是一個傀儡陰魂了，她這是在拿她弟弟的性命開玩笑。

想明白了這些，我心裏的怒火沸騰起來，對鬼魂不講親情的害人行為，感到非常憤恨，下定決心要讓它們好看。

我發現面前的水流已經放緩了很多，知道這是個機會，連忙把桌子往前一推，跳進水裏，飛快地向前游去，很快就來到土山包的底下。

我小心翼翼地抓著岸邊的茅草爬上了岸。我把桌子從水裏拖出來，用力插進濕軟的泥地裏固定住，這才轉身趴在地上，一手捏著陰魂尺，一手握著打鬼棒，一點點地向土山包頂上爬去。我準備對那個女鬼娃發起突然襲擊，讓她立刻魂飛魄散，再也沒有機會害人。

土山包上的泥層被大雨淋得非常濕軟，雖然有茅草叢擋著，但是一路爬上去，我身上沾了很多濕泥，腳上尤其多，這讓我每爬動一下都很費勁。好在土山包並不很高，我沒有費太多時間，就已經爬到頂了。

我伏身在草叢裏，抬頭向前看去。那個女鬼娃依舊背對我坐著，正拖著劉小虎的手臂取血。

我心裏暗罵著，爬到離女鬼娃背後不到兩米的地方。這時，女鬼娃和劉小虎都還沒有發現我。

我又向前爬了一米，眼看著伸手就可以摸到那個女鬼娃了，我這才暴喝一聲，從地上一躍而起，手裏的打鬼棒朝著女鬼娃的後心位置戳了過去。

女鬼娃顯然沒有料到會有人出現在她的背後，這一下，被我戳了個正著。

「哇呀——呀呀——」

女鬼娃被戳中之後，立即發出一聲尖利的嘶號聲，接著全身不停哆嗦顫抖，散發出一股股白氣，似乎馬上就要散魂了。

我不由得滿心得意，冷笑一聲，繼續發力把手裏的打鬼棒向女鬼娃的身體裏戳進去。

「啊呀！」旁邊一直像木頭一般坐著的劉小虎突然大吼一聲，向我衝了過來，一下子撲到我的身上，手腳並用，對我又踢又打，我不得不撒手放開女鬼娃去應付他。

雖然劉小虎這時很瘋狂，卻正中我的下懷。因為我來之前就已經想好了，就算劉小虎不對我做什麼，我也要把他揍暈拖回去的，現在他居然對我動起了手，這就讓我更加揍他沒商量了！

我知道這個時候必須要快狠準，於是一棍子就砸到了他的腦袋上。

「撲通！」劉小虎被我一棍砸中，立時就翻起了白眼，身體搖晃起來。我於是就繞過他，準備繼續追擊女鬼娃。誰知，劉小虎居然咬牙發力一跳，一下子把我撞飛了出去。

土山包本來就不大，我被劉小虎一撞，腳底一滑，一路翻滾到了土山包下面的水裏。

「撲通」一聲悶響，我全身一涼，沉到了水裏。

我連忙手腳並用，扒騰著浮到水面上，一抓岸邊的茅草，咬牙低吼一聲，全身發力，準備一鼓作氣爬上岸去。

可是，就在我手抓茅草的時候，身後突然也有一隻手，猛地抓住了我後背的衣服。我被抓得後背一寒，心裏一驚，扭頭一看，赫然看到水裏伸出一條長滿黑毛的長手。

「嘿！」我不禁大喝一聲，一手抓著茅草，另一隻手舉起打鬼棒就向那隻黑手砸去。

可是，黑色的手臂居然出奇敏捷，我的打鬼棒還沒有砸到它，它就已經縮回去了。

我連忙轉身爬上土山包，水下的雙腳卻突然一緊，被往下一拉，於是我就「刺啦」一聲，再次滑進了水裏。

「咕咕——」我面朝下淹進水裏，連喝了兩口水。

我被嗆得厲害，卻根本就沒法浮到水面上換氣，那抓著我腳腕的手爪不但依舊緊緊地抓著，而且還一路把我向水底深處拖去。

我覺察到這個狀況，知道這是真正的水鬼，不由得全身一震，拼命地縮身，同時揮舞著打鬼棒，向自己的腳上砸去。

沒想到，這時水流突然變得異常湍急起來，我還沒來得及反應過來，就已經被一個浪頭捲起，接著就像車軲轆一樣在水裏翻轉起來，腳上的那雙手鬆開了。

「咕嘟嘟——」

被水流捲得翻滾著，我喝了不知道多少口水，接著感覺到腦袋上一陣火辣辣的疼，我居然好死不死地撞到了石頭上。

我的後腦勺在下樓的時候就被樓梯磕過，雖然我的恢復能力很強，但畢竟還是需要時間的，所以，再這麼雪上加霜地撞了一下之後，我立時就感到一陣暈眩。再接著，整個世界安靜下來，我什麼也聽不到了，連自己的身體都感覺不到了。

我知道，我馬上就要昏過去了，我唯一能做的事情，就是眼睜睜地看著自己一點點地沉到水底。

不過，我感到奇怪的是，我最後沉到水底的時候，居然還能感覺到身下有一片堅硬的觸覺，然後我被水一沖，翻過身來，以面朝下的姿勢懸浮在水裏。

我看到水底是一個堆滿碎石斷磚的瓦礫堆，瓦礫堆如同墳頭一般微微隆起，好像下面埋了個人似的。

在我閉上眼睛，失去知覺之前，我看到瓦礫堆裏面，緩緩地伸出了兩條黑色的長手臂，抓著我的衣領，把我拖到瓦礫堆上。

我看到瓦礫堆裏面埋著一個人，那個人的臉已經被水泡得皮肉發白脫落，如同饅頭一般。

我認出了那張臉。不是別人，正是那個歪嘴主任。這傢伙才是真正陰魂不散的水鬼！

第三十四章

壁牆鬼

如果我剛才看到的黑衣女人是壁牆鬼的話，
那麼很顯然，這個女人的墳墓應該正好就在這段圍牆下面。
按照這個壁牆鬼的陰煞之氣，如果當初它就存在的話，
那麼當時建造圍牆的人，應該沒幾個能夠活下來的。

四周是伸手不見五指的黑暗。

我不知道自己是什麼時候昏死過去的，也不知道是什麼時候又恢復了意識。我費力地睜大眼睛，想尋找光亮，卻什麼都看不到。我想伸手觸碰一下四周，卻發現自己全身僵硬又麻木，完全動不了。

恍惚中，我感覺自己處在一片虛空之中，上下左右什麼都沒有，我就那麼懸浮著，如同一具水底浮屍。

這時，終於有一縷淡淡的光亮從前面照了下來。我朝光亮看去，發現前方是一片灰濛濛的霧氣，霧氣的後面，幾乎是靠近天邊的地方，懸掛著一輪慘白的毛月亮。

借著暗淡的月光，我總算看清了四周的情況。我的面前，是一片黑湛湛的水面。只是很奇怪，我距離水面似乎有點遠，就好像我是站在高臺上看著下面的水面一般。

我什麼時候從水裏出來了，而且還站在高處了？我心裏正納悶，突然感覺脖子上一陣冰寒的緊勒，低頭一看，一條長滿黑毛的手臂正勒著我的脖頸。

我閉上眼睛，咬緊牙齒，用盡全身力氣掙扎，想要脫離這恐怖的鬼東西。可是，我依舊動彈不得。不過，我明顯感到後脖頸有一股股冷颼颼的寒氣。

我頭髮都豎起來了，頭皮發麻。因為，我可以想像得到，這股寒氣是怎麼回事。既然那條手臂勒在我的脖頸上，那麼，那個鬼東西的臉孔，自然就貼著我的後脖頸了，所以，我後脖頸上感到的寒氣，應該就是那個鬼東西呼出的氣息。

突然一陣大風呼嘯著撲面吹了過來。大風凜冽森寒，把地上的洪水都捲了起來，形成了一層厚重的水霧，包圍在我四周，使得我的視線內又是一片迷茫，什麼都看不清楚了。

大霧沒有持續多久，又被一陣風吹散了。這時，我再看四周，發現我的位置又變了。

我居然在劉小虎和他的鬼娃姐姐見面的那個土山包上。被我打暈過去的劉小虎滿臉泥水趴在我的腳邊，一動不動，死了一般，而我就坐在他旁邊的茅草地裏。

我想去查看一下劉小虎的情況，卻依舊動不了，而且視線也模糊不清，感覺四周的世界都在晃動著，頭很暈。

四周的霧氣雖然淡了一些，但是隨著大風的吹拂，一會兒湧起一團，一會兒又消散開去，氣氛極為詭異，不知道是夢中還是現實。

一陣「嘻嘻哈哈」的冷笑聲突然從我背後傳來，接著，有一雙小手在我後背上抓摸著。

我全身立時打起了寒戰，額頭上出了一層冷汗，本能地收緊右手，想舉起我的打鬼棒，卻不想低頭看時，才發現我的右手居然變得又細又白又長，還穿著長袖的黑衣，完全不像是我自己的手。

「嗯？」我感覺就像手被人剁下去了一般，驚恐莫名。

我又驚恐地抬眼，我的位置又變了。這一次，我是盤膝坐在水面上。身下的水如同鏡子一般，清晰地映照著我的影子。

我低頭看著影子，這才發現，此時我已經不是我了。

我看到一個女人的身影，長髮披散，五官被長髮遮擋著看不清，穿著一身黑色衣衫，身材很瘦削。

我直愣愣地瞪著水裏那個女人低垂的頭，額前的黑髮動了一下，接著鐵青的嘴唇露了出來，而且嘴角居然勾起了一個弧度，似乎是對我笑了一下。

「嘿——」我想到那個女人也在看著我，全身寒毛直豎，驚恐地閉上了眼睛。

「呀呀呀，一朵牽牛花啊，爬滿竹籬笆啊——」

我的耳邊又傳來了一陣小女孩的歌聲。

我全身一震，忍不住睜開眼睛，循著歌聲望去。

我的面前站著一個和我差不多年紀的小女孩。小女孩穿著一身鵝黃衣服，眼睛很大，正直愣愣地看著我。她的臉龐圓嘟嘟的，鼻梁小巧，嘴唇也小巧，微微抿著，怯生生的。

我感到很意外，看到的居然不是一張鬼臉，而是很可愛的女孩臉龐。隨即我心裏一動，明白這是怎麼回事了。

女孩之所以沒有用鬼臉出現在我面前，其實並非是因為她對我有什麼好感，而是因為我現在已經不是自己的身體，而是黑衣女人的身體了。這個女孩，其實是在看著黑衣女人。

果然，我再次看向女孩的時候，發現她兩隻小手捧在一起，裏面正是灌滿人血的茅草葉。

女孩的手伸到黑衣女人面前，黑衣女人，或者說是我，就伸出細長的手臂，捏起她手裏的灌血茅草葉，送到嘴邊，有滋有味地吮吸起來。

「啊——」喝完一片血草，黑衣女人暢快地仰頭發出一聲舒暢的喘息，似乎非常享受。

我卻感到嗓子裏一陣血腥氣息流過，嗆得我差點一口吐了出來。

黑衣女人吸完一片血草之後，又吸了一片，直到把女孩手裏捧著的血草都吸完之後，這才一擰頭，全身骨頭「咯吱咯吱」響著，從地上站起來，咂著嘴，轉身向土山包上躺著的劉小虎看過去。那神情似乎是血草還沒有喝飽，意猶未盡，想上去抱著劉小虎的脖頸好好喝個夠。

女孩見到黑衣女人的舉動，不由得滿眼驚恐地跑到山包邊上，擋在黑衣女人的面前，試圖阻攔她。黑衣女人一伸手，掐著女孩的脖頸，把她拎了起來，摔到泥地裏。

我雖然和女孩也不是很熟，但是心裏蹭地冒起一股火氣，憤怒地用盡全力抬起手，向自己的臉上抽了過去。

「啪——」一巴掌抽到臉上，火辣辣的疼。

但是黑衣女人側臉垂髮地站著，居然發出了一陣駭人冷笑，笑得我全身起了一層雞皮疙瘩。

濃霧再次在四周瀰漫起來，等過了一會兒霧氣散去時，我赫然看到面前的水面上漂著一具屍體。那具屍體全身都被水泡得發白，臉更是跟饅頭一樣腫脹起來。

一臉可憐模樣的女孩正蹲在屍體旁邊，滿臉貪婪地看著屍體，一雙小手死死地抓著屍體的手臂，把屍體拖著。

「咕——」

我聽到黑衣女人，或者說是我自己的喉嚨裏，發出一聲低沉的咽唾沫的聲響，然後黑衣女人走到那具屍體旁邊，低下頭，伸出一根細長的手指，戳了戳屍體白白鼓鼓的肚皮。

那具屍體的肚皮立刻被戳出一個小孔，裏面「咕嘟嘟——」流出了一堆惡臭熏天的血水。

「嘿嘿嘿——」黑衣女人發出一陣尖厲的笑聲，接著一俯身，張嘴對著那個血孔大口地吸吮起來。

「咕咕咕——」黑衣女人酣暢淋漓地吸吮著，吞咽著。

而我此時鼻子裏嗅著腐屍的惡臭，嘴皮感觸到屍體冰涼腐爛的皮肉，最無法忍受的是，我明顯感覺到那又腥又臭的豆腐腦一般的東西，就那麼「嘰哩咕嚕」沿著我的口腔、咽喉，一路流到我的胃裏去了。

我被噁心得一陣窒息，猛地一仰頭，一張嘴「哇——」吐出了一大灘骯髒惡臭的污穢之物。

我吐完一口，胃裏的東西還是往上翻湧，頂得腦門子都發脹。我就一發不可收拾地趴在地上，昏天黑地一通劇烈的嘔吐。

最後，我感覺膽汁都吐出來了，這才停下來。我整個人都虛了，渾身一點力氣都沒有，四肢發軟，站起來都困難。

我一邊喘著粗氣，一邊抬手去擦嘴角。這時我才猛然反應過來，我的身體居然恢復知覺了。我看看自己的身體和手臂，居然也已經恢復我原本的身體了。

東面天空依舊是黃月懸掛，頭上依舊是烏雲壓頂，大雨依舊瓢潑，狂風依舊怒號。我站在齊腰深的水裏，面前水花四濺，洪水滾滾流動。

在我的西南方向，有一個土山包。我連忙伸手向背後摸去，發現自己果然是站在學校後面那段沒有倒塌的圍牆下面。

我不知道自己是怎麼到達這個地方的，我猜大概是被水流沖過來的，正好就被斷牆擋住了。

這時，我背後緊貼著的牆壁上傳來一陣森寒的觸感。我全身一震，飛快地轉身向牆面看去，看到牆壁裏面居然有一個人形黑影一閃而過！

「嗯？」猛然看到那個黑影，我寒毛一豎，本能地抬起手裏一直緊抓著的打鬼棒，向牆壁插了過去。

「喀喀喀——」我連續在斷牆上插了好幾下，直到牆壁被我挖下了一大塊牆皮之後，這才停了下來。我站在水裏喘了幾口粗氣，皺眉看看四周，尋思著接下來要怎麼辦。

就在這時，我的面前突然出現了一隻肥胖慘白的手臂。手臂凌空而下，當頭砸下來，「啪——」一聲蓋到我的臉上。

「我操！」我向後一縮，躲過了手臂，抬頭一看，發現在我的頭頂上，趴著一具被水泡得發白變胖的屍體。

屍體其實是趴在牆壁頂上的。不過，由於牆壁上面的地方不夠，所以，屍體的雙臂和頭部從牆壁頂上垂了下來。這樣一來，屍體的姿勢就變成了雙臂耷拉著，腦袋低垂著，從牆頂往外伸頭趴著的姿勢了。

這時我才想起來，牆壁的後面，有一間高度和牆壁差不多的小屋。想必，屍體的後半截應該是擱在屋頂上的。

我有些好奇地看向屍體的面部。但是，我是從下往上看的，背光，所以，我看不清屍體的臉。不過，屍體的位置卻提醒了我，牆壁頂上有一個可以暫時避水的平臺，我可以到那裏去暫歇一下。

我不再猶豫，起身繞過屍體的手，趴著牆縫，沒兩下就爬到牆壁頂上，我立刻看到了牆後面的一塊屋頂平臺，屍體正是趴在平臺上的。

我小心地向前走了一步，站到了平臺上，低頭皺眉看著屍體。不知道是不是鬼事見多了，我對屍體並沒有多大的恐懼感。我心裏想著的，不是怎麼去幫忙保存和埋葬這具屍體，而是想把屍體推到水裏去，這樣一來，它就不會和我搶地方了。

就在我準備把屍體推下去時，看到屍體身上穿的衣服，心裏一動，立刻意識到了一件事情。

這具屍體就是那個歪嘴主任，這沒有什麼好奇怪的，他的屍體可能被那個陰煞控制了，所以一直盤桓在這裏沒有離開。而在我昏迷時的夢境裏，看到黑衣女人把他的肚子弄破了，吸吮了一大堆污穢血水。

這時，我不由得在心裏猜測這具屍體正面的樣子。這傢伙會不會真的肚子破了呢？如果真是這樣的話，那就證明，我剛才昏迷的時候，在夢裏看到的一切都是真的！

我拖著歪嘴主任的一條腿，把他翻了過來。屍體這時已經發臭變硬了，我靠近他的時候，忍著惡臭的氣息。而把他翻過身來時，我看到他的肚子不但破了，而且已經被開膛破肚了。

「唔——」我強忍住噁心要嘔吐的感覺，側頭捂嘴，不去看他的慘狀，伸腳去蹬他的大腿，想把他從屋頂平臺上踹下去。

這時，我的眼角一動，之前那個黑衣女人，居然就站在這個平臺側前方的斷牆邊上！

黑衣女人滿臉陰冷地看著我，臉上的神情似乎是嘲笑，又似乎是不屑。雖然在大風大雨中看不清她的五官，但是我卻能夠感受到那種冷冷的嘲弄眼神。

我全身一凜，一縮身後退一步。那個黑影卻往牆裏一隱，不見了。

「它，這是在嘲笑我？」

我感到一種說不出的尷尬。那個黑影好像在說：你不是要抓鬼嗎？你抓呀！你不是號稱要救人麼？怎麼連屍體都欺負？你不是逞能想要顯示本事嗎？有本事你來啊？

「我操！」我心裏不由得怒罵一聲，霍地站起身來，冷眼掃視著那截斷牆，冷聲道：「壁牆鬼，原來是壁牆鬼，嘿嘿，你可別怪我！」

壁牆鬼，是農村廣為流傳的一個傳說。據說，如果有人在晚上天黑的時候，站在牆根底下，會突然感覺背後站著一個人。

那個站在背後的人，其實是站在牆壁裏面的。這種站在牆壁裏面的髒東西，就是壁牆鬼。一般來說，是因為牆壁正好壓在它的墳頭上，也就是牆壁接著它的墳頭地氣，所以，它就出現在牆壁裏面了。

這種壁牆鬼一般只能在牆壁裏活動，如果有人背對著牆壁站著，它就會在背後出現，伸手掐人的脖子，或者陰森森地冷笑。我在很小的時候，聽大人們說某某村的某某人，半夜起來尿尿，背後的牆裏面突然伸出一雙黑毛手臂，勒住他的脖子，然後那個人從此就瘋了。

現在，我看著這段靠著小屋、屹立在洪水之中一直沒有倒塌的牆壁，突然頓悟，這堵牆壁裏面，正是有著一個非常凶煞的壁牆鬼。

我想到這個事情的時候，心裏不禁又「咯登」一下，覺得事情因此變得更加複雜和撲朔迷離了。因為，我想到了壁牆鬼形成的原因。

如果我剛才看到的黑衣女人是壁牆鬼的話，那麼很顯然，這個女人的墳墓應該正好就在這段圍牆下面。可是，這個學校本來就是剷平了墳地之後建起來的。

按照這個壁牆鬼的陰煞之氣，如果當初建這圍牆的時候它就存在的話，那麼，當時建造圍牆的人，應該沒幾個能夠活下來的。也就是說，如果這圍牆真的壓著陰煞的墳頭，壓根兒就建不起來。

但是，現在的事實是，圍牆不但建起來了，而且還一直屹立不倒，如有神助，這又是怎麼回事？難道說陰煞的墳頭沒有被圍牆壓住？可是既然圍牆沒有壓住它，它又怎麼會變成壁牆鬼呢？

這些矛盾的想法在我心裏糾結的時候，一陣低沉的「刺啦刺啦——」聲透過雨聲傳來。

我先是一愣，覺得那聲音似乎是有人在撕紙，當我扭頭去尋找聲源的時候，才發現我完全被凝重的黑氣包裹住了。黑氣氤氳沉重，不但遮蔽了光線，甚至連狂風暴雨都被它隔斷了。

我現在唯一能夠感覺到的就是，我依舊還站在那個小屋頂上，面前依舊躺著一具死屍。

此時，死屍也被凝重的黑氣包裹著，我根本就看不清它的狀況，但是，此時聽不到風聲雨聲了，就清晰地聽到那「刺啦刺啦」的聲音，就是從死屍身上發出來的。

我腳下的平臺上，全都是烏黑的血水。血水緩緩流淌著，流過我的腳邊，流過平臺的邊角，然後滴淌下去。我相信，這個時候如果有人站在遠處看小屋的話，看到的應該是一間血色淋漓的屋子。

就在我想移動腳步的時候，卻看到死屍上氤氳的黑氣，一點點地散開了。黑氣散開之後，我便能看清楚那具死屍了，這時，它已經鼓脹得如同一隻巨大的黑色蛇皮口袋。由於鼓脹得太厲害了，開始一點點地撕裂開來。

「刺啦，刺啦啦——」人皮裂開時，發出低沉的聲音。

這時候，我總算明白那個聲音到底是怎麼回事了。

突然，我的眼前一黑。「砰——」鼓脹的屍體突然爆裂開來。漫天的血水碎肉，下雨一般地落了下來，落滿了整個屋頂平臺，落了我滿頭滿臉都是。

被那血肉惡臭氣息一沖，我再也忍不住反胃和噁心，跪地大口嘔吐，接著非常狼狽地一躍，從屋頂上跳進洪水裏，拼命地洗搓起來。

「嘿嘿嘿——」

就在我狼狽地在水裏翻滾掙扎時，聽到耳邊傳來冷笑聲。我停下動作，扭頭向側面牆壁看去，牆壁上隱隱浮現出一張黑色人臉。那張臉正在看著我，對我冷笑！

「混蛋！」我一聲怒吼，再也控制不住自己的怒火，一躍從水裏衝出來，撲到了牆壁上，舉起手裏的打鬼棒，瘋子一樣不停地戳插下去。

可是，我所做的一切都是白費力氣，那個黑影一看到我衝過去，立刻消失不見了。

我知道它又躲到牆裏面去了。我喘著粗氣，在心裏恨恨地怒罵一番之後，決定不再和這個鬼東西糾纏。現在我要做的，是把劉小虎帶回去。

我心裏想著，轉身鳧水向土山包游去。

我游到土山包邊上，伸手就去抓岸邊的茅草，卻不想，突然一隻手伸了過來，抓住了我的手臂，把我向岸上拉去。

我驚得渾身一抖，本能地想要縮回手臂，但是，等到我看清拉我的人的面孔時，我愣住了。

拉我上岸的是一個陌生人，他大約二十來歲，身材魁梧，身上穿著一身舊軍裝，留著三分頭，頭髮根根直豎，國字臉，濃眉大眼，嘴唇厚實，讓人一見之下，就覺得是一個很正氣又很堅毅的人。

他的手臂很有力，幾乎是直接把我從水裏拎上來的。然後，他一換手，居然攔腰把我夾在肋下，轉身兩個大跨步，已經來到土山包的頂上。

「小同學，你的家在哪裡？你是被洪水沖出來的嗎？」

他把我放下之後，伸手一下就把旁邊一棵手臂粗的白楊樹掰斷了，然後舉著白楊樹當傘，把我也護在了下面。

「你，你是誰？」

這個時候突然出現一個人，我不能不感到非常好奇，因為，以現在這個狀況，除了類似我這樣的「高人」之外，其他人是不可能出現在這裏的。

「你叫我鐵子就行了。娘的，老子也是被洪水沖下來的，嘿，真是丟人。想當年抗洪那會兒，老子連續三天三夜沒合眼，背了不知道多少沙袋，一直在長江邊上的洪水裏泡著，也沒被沖走過，現在倒好，小小的山洪，居然就把我漂了。」

鐵子一開口就說了一大串話，雖然我不是很聽得懂他的話，但是也從他的話語裏聽出他是一個很豪爽大氣的人，不自覺就對他感覺親切了許多。

「這個小同學也是和你一起的嗎？看樣子還有救啊。」鐵子說著話，從地上把劉小虎抱了起來，左右拍了拍劉小虎的臉，皺著眉頭對我說道。

「他沒事的。」我站起身，看了看劉小虎，發現他臉色鐵青，看來是著涼再加上驚嚇。

「大概是給大雨激著了，得找個地方給他治病才行。小同學，你知道哪裡有醫院嗎？怎麼走？」鐵子說著，抬眼四下看了看，滿臉的焦急，自言自語道：「娘的，這什麼地方啊，老子怎麼從來沒來過？」

「我們學校就有醫生，把他帶回學校去就行了。」我抬手指了指遠處洪水裏的教學樓，對鐵子道：

「就在那邊。洪水發得太快了，老師和同學們都被困在樓裏了，田先生也在，他是專門治病的。」

「這就好辦了，來，小同學，你跟著我，抓著我的衣服，我帶你們過去。」鐵子見到遠處的教學樓，不覺咧嘴一笑，滿心歡喜。

此時在教學樓的一樓，我走的時候放在那兒的手電筒還在淡淡地照著，如同燈塔一般，給我們指明了方向。

「對啦，小同學，你叫什麼名字？怎麼到了這個地方的？」鐵子一邊和我說話，一邊從衣服上撕下好幾根布條，把劉小虎綁在自己的背上。

「我叫方曉。是這個學校的。」我心有餘悸地看著不遠處的那截斷牆，發現上面的黑氣依舊非常濃重，不由得有些擔憂，就對鐵子說道：

「你要帶我們過去的話，我給你指路，你不能亂走。」

「哈哈，行啊，不過，其實也沒有多遠，你放心，長江我都能直接游過去，這點小水，嘿嘿，還不如游泳池呢，不打緊的。你看著，這山包下面水深，而且水流很急，等下你抓著我，我先帶你們游到那個斷牆下面，然後再去教學樓，怎麼樣？」

鐵子走到水邊，轉身對我招手，「來啊，方曉同學，你還愣著幹啥，難道不相信你鐵子哥的水性？」

「不是。」

這時候，我看著鐵子熱情的臉龐，心裏真的是對他挺信任的，我相信他的能力，但是，我同時也知道他計畫的路線，有一個我最不想去的地方，就是那截斷牆。

「我們不能靠近那截斷牆，你聽我的，從這裏直接往北游，三十米過去，就是淺水了，你帶著劉小虎，我不用你管，我能跟上你的。」我對鐵子說道。

「為啥不能靠近那截斷牆？你沒看到那兒有個屋子嘛，那兒肯定水淺，方曉學，你不會真的懷疑我的判斷力吧？我可告訴你啊，你鐵子哥可是很厲害的。」

鐵子見我擅自更改了他計畫好的路線，固執的性格就顯現了出來，站在岸邊和我辯論起來。

風雨太大，我實在沒有心情和他爭辯，就一發狠，對他說道：「那截斷牆裏面有女鬼，你怕不怕？」

「啥？」

聽到我的這句話，鐵子臉色一冷，半張著嘴巴，愣在當場，滿臉的驚恐神情。

但是沒過三秒的時間，這傢伙居然仰起頭「哈哈哈哈」一陣大笑起來，有些好笑地看著我說：

「哎呀，我說小同學啊小同學，這是你爸媽教你的，還是你們老師故意嚇唬你們的？什麼鬼啊神的，老子還真不信這個邪。你放心，我身上有金光罩著，什麼鬼都不敢靠近。咱可是軍人啊，我要是怕鬼，那還打個屁仗啊，嘿嘿。」

我真的是急得眼珠子都快跳出來了。如果我們靠近那截斷牆的話，肯定會出事的。我知道那個陰煞的力量，我自己都惹不起它，不敢想像，如果鐵子和劉小虎也陷入它的控制範圍，會出現什麼樣的情況。我擔心到時候萬一控制不住形勢，會白白把他們兩個的性命都害死掉。

想通了這些之後，我是堅決不能讓鐵子靠近那斷牆的。

「你聽我的，聽我的，從這邊走，我剛才就是從這邊走過來的，你看，我還搬著桌子呢！你相信我！」我焦急地叫著，跳到土山包邊上的那張課桌前，拿著手裏的打鬼棒，敲著桌子對鐵子喊道。

「哈哈，怪不得你說不用我帶你呢，原來你有秘密武器啊。嘿嘿，不錯，這桌子可以漂水，正好了，你就扶著這桌子，跟我過來吧。」

鐵子轉身就跳進水裏，撲通撲通幾下踢水，如同一條大魚一般，已經游到對面牆根底下了。

「喂，方曉同學，快過來啊，要不要我過去接你？」鐵子站在牆根底下，轉身對我喊道。

我一見這個情況，心裏不覺叫了一聲「苦也」，知道今晚是沒個安穩了，只好牙一咬，心一橫，也不去搬桌子當救生圈了，一頭扎進水裏，急速地游到那截斷牆根下。

「行啊你，方曉同學，好樣的，就你這膽量，這水性，以後要是當兵，肯定是個好兵，嘖嘖，不錯。」

我上岸之後，鐵子背著劉小虎走過來，拍著我的肩膀，滿臉開心的笑容，把我表揚了一番。

我沒去理會他的表揚，一拉他的手道：「快走，這兒不能待。」

「幹啥？你怕鬼啊？」鐵子嘿嘿一笑，有些生氣地對我說道：「看來真讓你們老師教壞了，給孩子宣揚迷信思想。奶奶的，再說了，就算真的有鬼，那鬼也有好壞啊，不是所有的鬼都會害人啊，方曉同學，這個事情你明白嗎？」

鐵子低頭看著我。

我見到他的樣子，心裏真是有些好笑，當下不覺有些洩氣地對他道：「別的鬼害不害人我不知道，但是這個真的會害人啊，你沒聞到這兒很臭嗎？這個鬼剛吃了一個人。」

「哈哈哈。」聽到我的話，鐵子笑得更大聲了。笑完之後，臉一冷，轉身對著牆壁大聲說道：「它要是真敢吃人，老子捏都捏死它！」

「你被它捏死還差不多。」我有些看不慣鐵子的張狂，撇嘴嗆了他一句。

鐵子聽了，眨了眨眼睛，沒再爭辯，說道：

「行咧，走吧，不扯了，扯了也沒有用。快走吧，把你們送到了，我還得趕緊回去看看，不知道那些混蛋都什麼樣子了。」

鐵子背起劉小虎，蹚著水，繞過斷牆，一路向教學樓走過去。我跟在鐵子身邊，也安全地繞過了斷牆。

遠離之後，我回頭看著那黑氣繚繞的斷牆，心裏感到一陣慶幸和納悶。慶幸的是，那個鬼東西總算沒在這個時候鬧事。納悶的是，那個鬼東西為啥這麼「乖」了，不鬧事了呢？難道這混蛋欺負我是小孩子嗎？它看到鐵子是五大三粗的壯漢子，就慫了，不敢鬧事了？這，這是不是讓人心裏有些太不平衡呢？

我和鐵子一路來到教學樓下，什麼意外都沒有發生，這讓我心裏不得不暗暗地叫奇。

我們還沒有走到一樓走廊上，一道手電筒的燈光向我們照了過來。我和鐵子被照得眼睛發花。

「照個屁，我操你大爺的，有沒有點常識，拿手電筒照人眼睛，你他娘的找抽是不是？」

我還沒來得及說話，鐵子已經大罵著，蹚著水，上了一樓的走廊了。

我跟著到了走廊上，這才發現照手電筒的人是胖子校長。

「哎呀呀，方曉同學，你去哪裡啦？出什麼事情了？」這時候，校長把手電筒照向地面，彎腰滿臉堆笑地看著我問道。

「沒出什麼事情。」我一時半會兒沒法和校長解釋清楚，就把所有事情都一語帶過了。

「那個，那個，怎樣了？」校長斜著眼睛瞟了瞟那截斷牆問我。

「那個，那個狗屁，你是什麼人？大半夜你搞什麼鬼？」

這時，我還沒來得及回答校長的話，鐵子上來一把推開了校長，豎著眉毛，怒聲問他。

「你又是誰?!」校長站起身，仰著頭，也有點憤怒地看著鐵子問道。

「你管我是誰，我問你，你是不是這學校的老師？」鐵子虎著臉問校長。

我連忙拉住鐵子，說道：「這是我們孟校長。」

「原來是校長啊，那就更好了，我問你，你這校長怎麼當的？大半夜的，兩個孩子都漂水了，你他娘的吃白飯的？也不找人去營救，你就是這麼當校長的？你信不信我直接到市裏去申訴你?!」鐵子擰著眉毛看著校長問道。

校長本來還有些底氣，被鐵子這麼一說，再一看鐵子穿了一身軍裝，連忙哈著腰，滿臉堆笑道：

「那個，這個，是我的不是，這位，這位同志，請問您怎麼稱呼？我得感謝你啊，幫我們救了兩位同學，您放心，您留下名字，等雨停了，我立刻寫感謝信送到你們部隊上去。」

「住嘴！」

第三十五章

決一死戰

我站在斷牆前，一手捏著陰魂尺，一手緊抓打鬼棒，
冷冷地看著它，心裏只有一個念頭。
「決一死戰，來吧，決一死戰！」
我低聲怒吼著，如同一頭發狂的野獸。

讓人沒想到的是，鐵子聽了校長的話，非但沒有消氣，反而更加惱火了，紅漲著臉，似乎受到了莫大的侮辱一般，伸手一把揪住校長的衣領，瞪著他問道：

「你以為老子是來邀功請賞的？你他娘的把老子當成什麼人了？」

「啊？」見鐵子如此正氣凜然，校長更沒轍了，腦門冒汗，有些哆嗦，斷續著聲音道：「那，那你想怎麼樣？」

「什麼怎麼樣？你沒看到這孩子快不行了嗎？」鐵子把劉小虎從背上解下來，抱到校長的面前。

校長拿手電筒一照劉小虎的臉，不由得「啊呀」一聲道：

「哎呀呀，這，怎麼這麼嚴重啊？是我疏忽，來，來，同志，你跟我來，醫務室就在二樓，有醫生，走，到醫務室就有救了。跟我來。」

校長轉身就往樓上走。

「站住！」

校長還沒走出兩步，鐵子又是一聲冷喝，把他給叫住了。

「同志，還，還有啥事情啊？」校長嚇了一跳，有些心虛地轉身問道。

「自己抱去，你他娘的才是他的校長，老子給你抱到這裏就不錯了，你以為老子是你的勤務兵?!」鐵子把劉小虎塞到了校長懷裏。

「啊，不，不好意思，我疏忽了，同志，你，你們先等一下啊，我先帶孩子上去看看。」校長徹底被鐵子鎮住了，抱著劉小虎上樓了。

「哼，這玩意兒也能當校長，真是笑死人了。」鐵子仰頭看著校長的身影消失在樓道上，很不屑地說道。

「你和我們校長有仇嗎？」我有些看不下去了，就問道。

「有個屁仇。」鐵子皺眉看了看我，似乎想到了什麼事情，有些恍然地說道，「對了，小同學，我要提醒你一件事，這人啊，其實，有時候比鬼還壞。鬼一開始也是人啊，冤死了才變成鬼，你說是不是？要不是被人害死的，鬼怎麼會害人呢？」

「你不是不相信鬼嗎？」我有些好奇地問他。

「嘿嘿，管他呢，反正就是告訴你一個道理，你記著就好啦。行啦，我也該回去了，你自己多保重吧。」鐵子轉身要走，但是又回過頭彎腰看著我，滿臉神秘地低聲說道：「小子，你要小心這個校長，他可不是什麼好東西。」

「你就見過他一面，你怎知道的？」雖然我心裏也不認為校長是好人，但是對鐵子的話，還是覺得有些疑惑。

「這個嘛，感覺啊，感覺懂不？」鐵子說完話，對我揮揮手道：「不說了，走了。」蹚著水就往學校南面去了。

我不由得有些擔心，喊道：「你別走那邊啊，那邊水大，沒路。」

「放心吧，這點小屁水！」結果我的喊聲只換來鐵子一句很不屑的話語。鐵子的身影，沒一會兒就消失在風雨夜色裏了。

我見到他真的走了，也不在一樓待了，抬腳就上二樓，想去看看劉小虎。我剛走到二樓樓梯口，一個人影迎面就撞了過來。我抬頭一看，正是校長。

「方曉同學，來來。」校長對我眯眼一笑，拉著我就往旁邊走。

校長拉著我一直走到他的辦公室裏，這才停下來，轉身滿臉神秘地問我：「怎麼樣？方曉同學，那個，那個東西，你打死了嗎？」

「沒有。」我如實答道，對他搖了搖頭。

「哎——」校長有些鬱悶地長嘆了一口氣，眉頭一皺，一攥拳頭，有些恨恨地說道：「這該死的鬼東西，改天一定請法師過來，把它挫骨揚灰，讓它魂飛魄散，永世不得超生！」

我看著校長滿臉陰狠的神情，不由得有些疑惑，就問道：

「你好像很恨它？」

「啊？噢，嘿嘿，沒有啦，我這不是擔心老師和同學們的安危嘛。」校長滿臉堆笑地坐了下來，岔開了話題，彎腰問我道：「對了，剛才跟你一起來的那個小子是什麼人？你認識他嗎？」

「不認識，半路遇到的。他是被洪水沖下來的。」我說道。

「原來是山上的兵，橫成那個樣子，別讓老子再遇到。要是再遇到他，非得一封檢舉信寄到他的部隊，不扒了他這身軍裝才怪。」校長滿臉不屑地說道，點了一根菸，瞇著眼睛半躺在沙發裏，有滋有味地抽了起來。

我心裏立時就有些不爽了。鐵子對他是有些蠻橫，但是他這種背後算計人的行為也確實太惡毒了，讓人真心看不起。

「你檢舉他什麼？憑什麼檢舉他？他又沒幹壞事。」我看著校長說道。

「誰說他沒幹壞事？他沒幹壞事，劉小虎怎麼被水淹成那樣的？我剛才看了，劉小虎身上有傷，不是他幹的是誰幹的？我要舉報他虐待兒童！」校長有些得意地看著我，兩隻眼睛都開始閃光了。

「劉小虎身上的傷是我打的，你不能冤枉別人。」我有些氣結地對校長說道。

「哈哈，誰信啊，我說是他打的，就是他打的。」校長撣著菸灰，齜牙對我說道。

「你，你不能這樣，他是好人！」我這時真的有些著急了。

「好啦，你也累了一夜了，去睡吧，沒你什麼事情了。放心吧，我可不是小氣的人，我也就是說說，不會真的檢舉他的。」校長有些不耐煩，對我揮手，讓我出去。

我心裏一陣無奈，只好轉身出了校長室，回到了田先生的醫務室。

「哎喲，方曉同學，你這是怎麼了？怎麼又濕透了？你幹啥去了？」田先生看到我，滿臉擔憂地問道。

「沒什麼，我累了，我去睡了，你忙。」

全身神經一放鬆下來，才發現我真的是很疲憊了，於是往牆角的墊子上一躺，頭一歪，就睡著了。

這一覺我睡得昏天黑地，還做了一連串怪夢。

我首先夢到的人，居然是鐵子。這傢伙穿了一身筆挺的軍裝，容光煥發地走到我面前，對我嘿嘿一笑：「鬼也有好有壞，記住了，人不害鬼，鬼也不會害人的，你小子，學著點。」

鐵子對我一通莫名傻笑之後，丟給我一句更加莫名的話。

我本來想追問他的，可是一陣雲煙飄過，我居然已經回到了老家那片曬穀場上了。曬穀場上曬著穀子，太陽光照得人眼睛都張不開。

姥爺坐在場邊的樹蔭下，「吧嗒吧嗒」地抽著旱煙。

「想學嗎？」姥爺瞇眼抬頭問我。

「想。」我點點頭說道。這是我和姥爺以前的對話，夢裏居然又再現了。

「為什麼想？」姥爺繼續問我。

「因為我想幫助那些冤屈而死的人。」我脫口而出，同時心裏一驚。

「哈哈哈，好，好，好。」姥爺看著我欣慰地笑著，身影一晃，居然變成了鐵子。

「既然想要幫助冤屈的人，那你現在都做了什麼？你知道她有什麼冤屈嗎？」鐵子黑著臉問我。

「誰，誰有冤屈？」我皺著眉頭，不解地看著鐵子問道。

「嘿嘿嘿嘿。」鐵子看著我一陣冷笑，風一吹過，像煙霧一樣消散了。

「神經病。」我低聲罵了一句，心裏對鐵子的那些話很是不屑。

但是，當我轉過頭的時候，身後居然站著劉小虎。

劉小虎鐵青著臉，冷冷地看著我，接著竟然一下子撲到我的身上，抱著我的頭就是一陣暴打，一邊打還一邊不停罵道：

「我叫你打她，我叫你打她，我叫你打她！」

「啊！」我被劉小虎打得火大，尖叫一聲，一把將他推開，大喊道：「她要害你，你瘋了嗎？我是為了救你！」

「嘿嘿嘿嘿，為了救我？」

沒想到的是，劉小虎這傢伙居然也對我一陣莫名冷笑，接著也是風一吹，如一陣青煙一般消散了。

「都瘋了，都瘋了，我是幫你們，你們居然都怨我！我操！」我心裏不由得憤怒又煩躁，站在打穀場上，雙手一叉腰，開始罵起街來。

就在我正在罵街的時候，卻不想突然太陽的光芒變得暗淡了下來。那光芒越來越暗，最後，太陽居然變成了月亮。月光清冷，四周一片灰濛濛的水霧，我又站在了學校後牆那間低矮的小屋上面。

這時，我看到圍牆外面有一條小河溝，小河溝的兩邊長著黑魆魆的灌木。一個小女孩，紮著兩個馬尾，穿著一身鵝黃的衣服，斜挎著書包，正怯生生地沿著學校的圍牆向前走。小女孩應該是剛放學，可能是為了抄近路，所以走到了圍牆下面。

「嘿嘿嘿。」我不知道為什麼，突然對著那個小女孩發出了一陣低沉的冷笑。

「啊？」小女孩聽到了我的笑聲，下意識地向我站著的方向看來，卻似乎什麼都沒有看見。不過，小女孩還是本能地感到恐懼，於是一轉身，撒開腿就向前跑去。

她剛跑了沒兩步，就被荊棘絆了一下，直接撲倒在地上。

「哇，媽媽，救命啊，嗚嗚嗚——」小女孩摔倒之後，更是嚇壞了，在地上掙扎了好幾次，居然都沒能爬起來。

我不由得為她感到心急，想去把她扶起來，於是就從圍牆上跳了下去。

可是，讓我沒有想到的是，我跳下去之後才發現，我不是站在院牆外面，而是站在院牆裏面，最讓我驚愕的是，我居然伸出了一隻手，死死地抓住了小女孩的後腿。

那個小女孩之所以爬不起來，原來並不是因為她被嚇得腿軟了，而是因為我一直死死地抓著她的腳腕，把她往後拖。

「不，不要，不要。」我在心裏大叫著，想收回自己的手臂，卻發現我根本就控制不了那隻手臂。

我再仔細一看，那隻手臂根本就不是我自己的，那手臂又細又白又長，根本是一條女人的手臂。

「哇哇哇——嗚嗚嗚——」

就在我遲疑的一瞬間，小女孩已經被那條手臂拖到了牆根底下。牆壁裏面又伸出了第二條手臂，然後兩條手臂就掐著小女孩的脖頸，把她提了起來。

「嗚嗚，嘶嘶，咳咳，唔——」

小女孩的身體懸在半空，兩條腿拼命踢騰著，兩隻手則拼命扒拉著自己的脖頸，想要掙脫，卻是於事無補，壓根兒掙脫不開。

我站在小女孩的對面，就那麼乾瞪著眼看著她。

這時，我才發現，小女孩的後背是貼著牆壁的，牆壁裏面伸出了兩隻手臂，死死地勒著她的脖頸，我似乎還看到小女孩腦後的牆壁裏面，隱約還有一個黑色的臉孔。

「不，不，不要，求求你，放了她，放了她吧。」

我看著小女孩踢騰的幅度越來越小，小臉變得一片蒼白，兩眼開始越張越大，舌頭伸到了嘴巴外面，不由得心裏一陣刺痛，發瘋一般地衝過去，想要幫小女孩掰開那雙手臂。

沒想到，我這麼一衝，勒住小女孩的手臂居然突然一鬆，把小女孩向我的懷裏扔了過來。

我本能地抬手去接，卻不想接了一個空，小女孩穿過我的身體，「撲通」一聲掉進了河溝裏。

我大睜著眼睛，直愣愣地站著，整個人都木了，當我聽到背後「撲通」一聲時，感覺就像是自己最親的人掉進了水裏一般，心裏感到劇痛和絕望。

我緩緩地抬頭向那堵牆壁看去，看到牆壁上有一個黑色的臉孔，正在看著我。

「嘿嘿嘿嘿——」該死的鬼臉孔，也對我嘲弄地冷笑道。

「啊——」我再也無法按捺心中的憤怒，尖厲地一聲大叫，憤怒地衝到牆壁前，也不管前面那團東西到底是牆壁還是鬼臉，抬起雙手就是一通瘋狂的抓撓。

「混蛋，混蛋，殺了你，我要殺了你！」

我瘋狂地踢打抓撓著，恨不得一下子掀翻那堵牆壁，把那個鬼東西拖出來大卸八塊！

這時，一雙手臂突然抓住了我的手，我聽到有人喊道：

「方曉，方曉，你醒醒，你醒醒，你怎麼了?!」

「嗯？」我猛然睜眼醒了過來。這才發現房間裏一片清冷，昏黃的蠟燭燃著，我還是躺在靠近牆角的墊子上。

此時，田先生正滿眼關切地看著我。

「做夢了麼？」田先生問道。

「嗯。」我有些木訥地點頭道。

「做啥夢了？你剛才說夢話的樣子很可怕，好像要殺人一樣。」田先生看著我，有些心有餘悸地說道。

「我，真的想殺人。」我下意識地說了一句，就艱難地起身，去看劉小虎。

「嘿嘿，殺人可不是那麼容易的。方曉啊，我看你可能是剛才晚上出去了，有些撞上了，來，讓我看看你是不是發燒了。」

田先生拿著溫度計，就要過來給我量體溫。

「不用了，我很好，沒事的。」我走到劉小虎身邊。

劉小虎正緊攥拳頭，閉著眼睛，皺著眉頭躺著，也在不時地說胡話。

「他跟你一樣，一直說胡話，模樣也挺嚇人的，牙齒咬得咯咯響。」田先生走過來，看了看劉小虎說道。

「不過，他和你情況又不太一樣，他這是真的撞上了，叫都叫不醒，一直發高燒。」田先生把溫度計塞到劉小虎的胳肢窩下面。

「田先生，你是醫生，怎麼也信這個？」我問道。

「嘿，我以前是個中醫，再說了，不是你說的嘛，這學校不乾淨。好啦，沒有多久就要天亮了，你是不是再睡一會兒？」田先生在桌邊坐下來。

「不了，我不睡了，我有事情要做。」我低頭又看了看劉小虎，忍不住低聲在他耳邊說道：「你放心，我要是不滅了那東西，我就不姓方！」

我轉身摸起墊子上的陰魂尺和打鬼棒，衝出了醫務室。

夜色深沉，天空中的月亮已經不見了。黎明前的黑暗才是真正的黑暗。

雨已經停了，風也小了很多。洪水已經下降了很多，校園裏餘下的積水，不到膝蓋深了。

我站在學校後面那截斷牆前，一手捏著陰魂尺，一手緊抓打鬼棒，冷冷地看著它，心裏只有一個念頭。

「決一死戰，來吧，決一死戰！」我低聲怒吼著，如同一頭發狂的野獸。

但是，除了夜風吹過樹葉的聲響，四下裏卻什麼聲音都沒有。

「嘿嘿，又慫了嗎？不敢出來了嗎？」

我冷笑一聲，一步一步走到斷牆邊，冷眼直視著斑駁的牆壁，手裏的打鬼棒猛地抬了起來，對著牆壁就是一陣瘋狂的劈打。

「砰砰——」打鬼棒砸在磚頭牆壁上，發出一陣陣悶響。

我幾乎是發狂一般地揮舞著手裏的桃木棍，同時又將陰魂尺插到磚縫裏，發狠地撬著牆上的磚頭。

「撲通，撲通——」磚頭被我撬得一塊塊掉落下來，砸在泥地上。

見到牆壁已然被大雨濕透，我心裏一橫，將打鬼棒插到腰裏，專心地用尺去撬牆上的磚頭。

「來吧，我倒要看看你到底是個什麼鬼樣子！」

我憤怒地嘶吼著，手裏的動作越來越猛烈，有時甚至一下子撬下好幾塊牆磚。那牆壁原本就已經搖搖欲墜，現在被我撬掉這麼多磚頭，立刻就開始有些搖晃。

「我拆了你的鬼牆，我看你還往哪裡躲！」

見到牆頭已經開始晃蕩了，我退後一步，接著飛跳起來，向著那牆上踹去。

「砰砰——」

又是一連串的悶響，我一手支著身後一棵白楊樹的樹幹，伸腳對著那牆壁就是一通猛踹。

那牆壁被我這麼一踹，立刻就開始「嘩啦啦」地晃蕩了起來。

我一看差不多了，轉身雙手撐著樹幹，兩腳一起蹬著牆壁，整個人的身體都橫了起來，然後就用盡了全身的力氣向後蹬去。

終於，在我的持續蹬踹之下，牆壁開始一點點地向外偏斜，最後終於「呼隆」

一聲巨響，整面牆倒塌了下去。

「該死的，在哪兒呢，出來，出來！」

我站在地上，看著斷壁殘垣，拿出打鬼棒，跳到倒塌的牆壁根上，一溜捅插過去。那截牆壁只有四五米長，我很快就把牆根子捅了好幾個來回。但是，卻依舊沒有任何異常情況發生。

我有些累了，心勁也有些洩了，就騎在一截牆根上喘氣，擦了一把汗。

但是，就在這個當口，我突然眼角一晃，視線落到了那棟緊靠著牆壁的低矮小屋上。

對了，既然牆壁裏面沒有，那會不會是在這小屋子的牆壁裏面呢？

我想到這裏，立刻站起身，走到了那小屋的牆邊，皺著眉頭，冷眼看著小屋，心裏很有一種把它也拆掉的衝動。

突然我的眼角再次一晃，在小屋貼著後牆的那段牆根底下，看到了一小團白白的東西。

我先是一愣，接著慢慢靠近，低頭彎腰仔細看去。

這時雖然天色很黑，但是還是有一點天光，所以，我還是看清楚了那白色的東西是什麼。那正是一隻白色的手骨。

那手骨只露出了五根白色指骨和一截手腕，其餘的部分都被壓在小屋的牆根底下了。本來，那截手骨也是壓在後院圍牆的牆根底下的，但是，圍牆被我推倒之後，就露了出來。

我有些驚恐地向後退了幾步，感覺心跳開始加快，身體有些發抖，但是隨即我想起此行的目的，於是再次壯起膽量，舉起打鬼棒就向白骨砸下去。

我的打鬼棒還沒有落到白骨上面的時候，我的眼前出現了一個黑影。我本能地停下了手裏的動作，仔細一看，發現那個黑影是一個女孩。

女孩背對我坐著，正好擋住了那截白骨。

「這是？」

我不由得一愣，心裏的感覺極為詭異，隨即感覺到上面似乎有人在看著我。抬頭一看，只見一個全身黑衣、頭髮披散的女人，正坐在小屋的頂上，低頭看著我。

「混蛋，居然還找替死鬼！」

我怒吼一聲，原地跳起，操起手裏的打鬼棒就向黑衣女人砸過去。

「撲——」一聲悶響，我一棒子砸到了小屋的角上。

砸完一棒，我落地一看，發現小屋上的黑衣女人不見了，地上的那個女孩也不見了，最奇怪的是，牆根底下的那截手骨居然也沒有了。

這是怎麼回事，難道已經爛成骨頭的屍體還會跑？但是，我又在心裏推翻了自己的疑問。誰說白骨就不會跑了，在苒紅塵的古墓裏，我不就親眼見到過會跑的骷髏嗎？

想到這裏，我感覺事情有些不妙。如果那個鬼東西真的可以跑的話，那豈不是說，我這輩子都別想抓住它了？

不行，我不能讓它就這麼跑掉，我要現在、立刻、馬上就幹掉它！

我操起陰魂尺，開始去挖小屋的牆壁，準備把小屋都拆掉。

這時候，天色已經開始漸漸亮了。我雖然在學校最後面的地方，也發現教學樓裏全部亮起了燈，現在電已經來了。教學樓裏開始吵鬧起來，人影也晃動起來，那些被關在教室裏憋了一夜的老師和同學們，已經開始活動了。

吵鬧聲越來越大，天色越來越亮，但是我仍舊在發瘋般地拆著小屋的牆壁。

這時，遠遠地傳來了一個讓我感到意外的聲音。

「喂，大同，噢，不，方曉，你小子跑哪裡去了？老子來接你了，聽到聲音的，快給老子吱一聲——」

那聲音很遠，聽著像是站在教學樓前面喊的，但是我卻一下子就聽出那是二子的聲音。不知道為什麼，我居然激動得想掉淚，也忘記了繼續去拆小屋，轉身就向著二子的方向跑過去。

「我在這邊——」我老遠對著二子揮手大聲喊著。

「哎呀呀，我的爺咧，你小子這是幹嘛去了？怎麼這副樣子？被砸到牆底下去了？」二子看到我，先是一通驚嘆。

我這才反應過來，低頭看了一下自己，這才發現，我不但全身濕漉漉的，而且幾乎沒有一點乾淨的地方，都是稀泥和白灰。

見到自己這個樣子，我不由得有些扭捏，但是畢竟愛面子，就對二子說道：「你管我什麼樣子。」接著問他，「你怎麼來了？」

「嘿嘿，這個嘛，說來話長。」二子上前拉著我的手，「走，咱們先上車，邊走邊說。」

「娘的，昨晚那麼大的洪水，老子跟著表哥去查看情況，淋得跟個鳥似的，幸好後來接到了老人家的電話，不然的話，八成要陪著表哥淋一夜。」二子一邊走著，一邊點菸抽著，把他的「英勇事蹟」說了出來。

「我姥爺怎麼了？」我有些疑惑地問道。

「還能怎麼了？老毛病唄，又是全身出血，醫生搞不定，給我表哥掛了電話，我表哥就把我派過來了，連夜送老人家去醫院。」二子瞇著眼睛，伸了一個懶腰，

「一夜沒睡啊，真他娘的睏。」

「姥爺現在怎麼樣了？」我焦急地問二子。

「還是那樣唄，上次你又不是沒看到，過了發作的那段時間，就什麼事都沒有了。這不，我們剛從市裡回來，就順道過來接你了。老人家現在在車上呢，你自己去和他說吧。」二子撇撇嘴，瞇眼對我說道。

我聽說姥爺也來學校了，不由得滿心歡喜，也不管二子了，撒開腿就向校門口跑去。

我跑到學校門口，看見姥爺正端著旱煙袋，站在車子邊上，似乎正在等我。

「姥爺，你怎麼樣了？」我跑到姥爺面前，有些擔心地問道。

「呵呵，沒事，沒事，老毛病了。」姥爺伸手摸了摸我的腦袋，發現我的頭髮濕漉漉的，笑問道，「怎麼淋雨了？」

「沒有，是遇到別的事情了。」我扶著姥爺上車，接著就迫不及待地把我夜裏的遭遇和姥爺說了。

姥爺聽了我的話，對那個黑衣女人的事情沒什麼反應，卻對胖子校長和歪嘴主任很感興趣。

「這麼看來，這個事情有些複雜。」姥爺「吧嗒吧嗒」地抽了兩口旱煙，「你確定你看到校長把那個主任打暈了，然後推到水裏去了？」

「嗯，不光我看到了，田先生也看到了。」

「哦。」姥爺點了點頭，沉吟道：「看來這兩個人心裏都有鬼啊。」

「他們有什麼鬼？」我好奇地問姥爺。

「這個說不準，我也不會算，不過，總會水落石出的。咱們先回去，這事先放一放再說吧。」姥爺對我說道。

「要是那個鬼東西跑了怎麼辦？」我有些擔心地問道。

「放心吧，她的冤還沒報，跑不了的。」姥爺呵呵笑了起來。

「老人家，咱們這就回去？」這時二子也上了車。

「嗯，回去。辛苦你了，二子。」姥爺說道。

「嗨，老人家，不要說這見外的話，這多大點事兒？」二子哈哈一笑，啟動車子，一路向山上開去。

回到山上，張阿姨已經把早飯做好了，我鬧騰了一夜，實在是餓壞了，狼吞虎嚥地吃了起來。

吃飯的當口，二子告訴我，由於洪水的影響，學校要停課一個星期。我愣了一下，心裏有些打嘀咕，擔心太久才回學校的話，說不定就要錯過消滅那個鬼東西的最佳時機了。

姥爺雖然看不見，卻似乎能夠察覺我的心思，嘿嘿一笑道：

「大同，你猜猜，這一個星期不上課，學校會發生什麼事情？」

「啊？」我皺眉思考了一下，說道：「圍牆倒了，估計要重新建。」

「嗯，那他們重新建圍牆的話，又會發生什麼事情？」姥爺微笑了一下，繼續問我。

「會發生什麼？」我不由得驚悟道：「他們要挖地，就會把那個鬼東西挖出來！」

「嘿嘿，是啊。」姥爺呵呵一笑，點點頭，「不過，據我估計，可能那個東西在那些工人挖出來之前，就要被人給挖走了。」

「誰會去挖那個東西？挖它幹什麼？」我好奇地問道。

「誰埋的，誰就挖唄，難道等著被警察查嗎？」姥爺笑呵呵地說。

「這，那，怎麼辦？」我不由得一愣。

「喂喂，我說，你們說什麼呢？什麼那個東西這個東西的？莫非學校裏面有寶貝不成？」二子在一旁聽得迷糊，憋不住了，插話問道。

「呵呵，二子，這個事情說來話長，你先別急著問，等我先和大同說完。」姥爺打住了二子的話頭，繼續問我道：「大同，那你說這個事情要怎麼辦？」

「我們去抓那個人，看看到底是誰。如果他去挖，肯定就是他害死那個女人的。」我皺眉說完，接著又有些憤憤不平道：「不過，那個鬼東西也該死，它把劉小倩活活掐死了，還把她當成自己的替死鬼。」

「嘿嘿，這個事情啊，咱們要先理順了才好辦。你要知道，那個女人冤枉在先，她既然有冤屈，那就不能不害人。所以，她的罪過其實是無心的。」姥爺繼續說道，「劉小倩嘛，也很慘，不過，這個賬，不能算到那個女人頭上。要算，應該算到害死她的那個人頭上。這個道理，你能弄明白嗎？」

我心裏思索了一下，還是對那個黑衣女人沒有什麼好感，於是說道：

「但是她再冤，這樣害人也是不應該的，如果不把她消滅掉，我心裏不舒服。」

「嘿嘿，孩子心性，孩子心性啊。」姥爺聽到我的話，暢快地笑了起來，咂咂嘴道，「其實啊，大同，這個事情，你能一個人追究到這個地方，已經很不錯了。接下來的事情，就屬於人事了，不是我們管轄的範圍了。所以啊，姥爺覺得，這個時候，我們不應該再摻和了，就把這個事情交給本該管理的人去管。」

「交給誰？」我有些疑惑地問。

「二子啊。」姥爺嘿嘿笑道。

「啥？」我和二子同時都是一愣。

「喂喂，老人家，你這話怎麼說呢？我到現在都不知道你們在說什麼啊，你要把什麼事情交給我管？我可醜話說在前頭啊，你們不能趕驢上磨，讓我管我管不來的事情。」二子最怕麻煩，嘟囔了起來。

「嘿嘿，這事你肯定管得來。」姥爺呵呵一笑地說道，「大同，你現在可以把你在學校發現的事情都說給二子聽了，咱們也聽聽他的意見。」

「啥事，小師父，快說。」二子立刻放下碗筷，兩眼放光。

我見到二子滿眼期待的神情，整理了一下思路，把自己在學校發現的情況說給他聽。

二子一拍大腿道：「我操，原來那個淹死的女孩是你同桌的姐姐。這事他娘的真是無巧不成書啊。要不是你親口說的，我都以為是編故事呢。」

「還有更像編故事的呢。」我嘿嘿一笑，接著把校長和歪嘴主任的事情說了。

「哎呀，這麼說來，那個什麼主任是被校長害死的？這是謀殺啊。」二子摸著腦袋道，「這個事情是大事啊。這得徹底調查啊，我回去之後，立刻叫市局裏直接來人查。他奶奶的，沒王法了，在我表哥的地頭，還有人敢幹這種事！」

「還有比這個事情更冤的，你聽我繼續說。」我接著把學校後牆下埋著白骨的事情說了。

「這個——」二子有些疑惑地皺著眉頭，一摸腦袋道：「那個白骨又是哪裡來的？不會是以前的墳地留下來的吧？要是這樣的話，這事誰也怨不著啊。」

我就把關於壁牆鬼的疑問和猜測說給他聽了。

「按照你這個說法，那個屍體不是原來就有的，是建圍牆的時候埋下去的，也就是說，這是兇殺案？」二子看著我問道。

我點了點頭。

「不行，我不吃飯了，我得趕緊回去。這事要是不趕緊處理，估計要出事，要出大事。這事要是傳出去，影響很惡劣。」二子這時候總算認識到了事情的嚴重性，站起身就要走。

「我說了吧，交給他，肯定行的。」姥爺含笑說道。

「嘿嘿，老人家，您就別寒磣我了。好吧，你們等著，有消息了，我馬上來通知你們。」二子說完，急吼吼地離開了。

第三十六章

鬼吹燈

「這就叫鬼吹燈。」姥爺撥弄著念珠，
「這種超度，一般還在沒有風的夜裏。
在墳前點一盞燈，對墓主人念轉生咒，要是念了七七四十九遍之後，
這燈還亮著，那就說明超度成功了，墓主人接受指引和勸導了。」
。

接下來幾天，是停課一周的時間，我一直待在山上跟姥爺學活計。

我一直惦記著學校的事情，不知道現在情況到底怎麼樣了。本來我想去學校看看的，但是這幾天一直陰雨，而且我的車子還丟在學校裏，所以一直沒有下山。

一直到了第五天，二子才上山來。

「這是你的車子，嘿嘿，順道幫你帶上來了。」二子不但自己人來了，還把我的自行車帶上來了，這說明他是從學校直接過來的。

「怎樣了？情況怎樣了？」我沒去管自行車，扯著他的衣服追問道。

二子見我滿心焦急，咧嘴一笑，賣了個關子，笑著說道：

「放心吧，都查清楚了。狗日的，都是那個孟少雄；不，也不全是他的事，那個死鬼主任更是個混蛋，沒邊兒的混蛋！」

二子說著，兩眼放出憤恨的光芒。

我還很少見到這傢伙會這個樣子，當下不覺更加好奇了，有些火大地問他：

「到底怎麼回事，你倒是說啊！」

「這個嘛，說來話長，走吧，咱們進屋坐下說。我累了一天了，總得給我一口水喝是不？」二子繼續賣著關子。

「那個女人叫劉秋雨。」二子坐下喝了口水，喘著氣先說出了一個人名。

「這個事情，先要說那個什麼主任，對，就是那個胡慶民。這傢伙原本是個泥瓦匠。」二子皺著眉道：「這小子原本狗屁都不是，連媳婦都娶不上，就花錢買了個老婆。娘的，也不知道走了什麼運，居然讓他買到了一個如花似玉的老婆，就是那個劉秋雨。」

「原本這個案子很早就該被查出來的。因為按照正常的情況來說，要是無緣無故沒了一個人，那個人的家人肯定會報案的。事情壞就壞在這個女人是胡慶民買來的，她在這邊無親無故，身分不明。這個女人一直被胡慶民軟禁虐待，據說連結婚證都沒領。」

「劉秋雨和胡慶民的關係，周圍的人都知道，所以，就算劉秋雨突然有一天不見了，胡慶民只要說她逃走了，周圍的人絕對不會懷疑。」二子有些感慨道，「人家好好一個大姑娘被這麼糟蹋，沒一個人幫忙報案不說，居然還一大群人幫著那個混蛋看管那個女的，據說上個廁所都有人跟著。」

二子的話說得沒錯。那個年頭，在一些偏遠落後的山區農村，一直非常盛行的一個事情，就是買媳婦。這裏說的買媳婦可不是送聘禮到女方家裏，而是實實在在的人口交易。

可能大家會覺得有些不可思議。但是，這些事情都是事實，被賣到農村的女子，大多數都是被人肉販子拐騙來的。這些女子大多數都來自一些偏遠落後的地區。很多還是漂漂亮亮的學生。

可以想像，只要腦子正常，那些女子是不會順從人肉販子的，所以，這時候，人肉販子就會對這些女人採取一些手段。最簡單的，就是毆打、虐待，打到怕了不敢跑為止；更高級一點的，就是給女人吃迷魂藥。

這些女人既然都已經淪落到被人隨意當做貨物買賣了，自然可以想像那些女人是否可以保持自己的貞操了。

但是，這還只是序幕而已。這些女人真正苦難的命運，要從她們真正被賣掉的時候開始。

「胡慶民這個混蛋，得了這麼好的一個媳婦，一點兒都不珍惜，竟把她當牲口一樣使喚。他自己在外面吃喝玩樂，喝醉了，沒錢了，就回家打女人。」

「去他們村調查的警察說了，頭幾年那個女人剛被賣過來的時候，他們幾乎每夜都能聽到胡慶民在打那個女人的聲音。那個女人後來真的是被打服了，或者說打懵了，胡慶民讓她幹啥她就幹啥，腦子不好使了。」

二子說到這裏，悶頭抽著菸，半天都沒再說話。

「哎，這是活該天譴。」姥爺嘆了一口氣。

「那劉秋雨既然變成奴隸了，為什麼還死了？」我問道。

「這才是真正讓人憤怒的地方。」二子恨恨地咂咂嘴道，「不過，具體的情況，是審問孟少雄的時候問出來的。說起來，那個孟少雄也不是個東西，他才是真正的陰險狡詐，刁鑽奸猾。」

「校長和劉秋雨有什麼關係？」我有些好奇，「他怎麼知道劉秋雨的事情的？」

「嘿，他能不知道嗎？人就是他合夥弄死的，也是他一起埋的。」二子冷笑道。

二子揉了揉臉，繼續說道：

「胡慶民那個混蛋好吃懶做，在老家混不下去了，就出來打工，在工地上當個泥瓦匠。這混蛋好賭成性，每月發下來的工錢，到他手裏沒兩天就輸光了。」

「這混蛋還有一個讓人切齒的地方，就是好色成性，他出來打工，還非把那個女的也帶著。這打工幹活的，都是一群大男人，他那婆娘要是醜一點也就罷了，偏偏是個如花似玉的女人，這長天老日下來，能不出事嗎？」

「那些打工的都是搭長棚睡覺的。一群人擠在窩棚裏面，條件很差不講，什麼避嫌之類的事情就更別提了。如果都是男人沒關係，偏偏胡慶民帶了個花媳婦來，你說這怎麼睡？總不能讓媳婦睡男人堆裏面吧？那還像話嗎？這傢伙便自己搭了一個小棚子，和媳婦一起躲在裏面睡。」

「這種小棚子晴天不遮陽，陰天不擋雨，反正那女的被他打服了，也沒有什麼怨言。胡慶民那些一起打工的工友，知道他這個媳婦是買來的，居然還一起幫他看守著，不讓她跑掉。」

二子說完，低頭沉思了一下，加快了話頭，說道：

「本來要是就這麼著了，也沒啥大問題。問題就壞在胡慶民根本是個狗屎都不如的男人。他打工的工錢每次都輸光，那他和媳婦的吃飯錢怎麼辦？胡慶民自己還好解決，每次腆著臉去工友那裏蹭飯。那個女人就只能挨餓了，後來她餓得都走不動路了，只好吃窩棚旁邊的榆樹葉子。結果胡慶民居然就用一條鐵鏈子把那個女人鎖在樹上，讓她吃了一個月的榆樹葉子。那女的後來瘦得皮包骨頭，跟個死人沒多大區別。」

「不過，說來也奇怪，那女的天生就是個美人胚子，再怎麼摧殘蹂躪、受苦遭罪，那模樣就是好看，平時蓬頭垢面的還看不出來，但是一洗乾淨，活脫脫是個水靈姑娘。」

「後來這事，就出在那個孟少雄身上了。」二子抽了口菸，撣了撣菸灰，道：

「孟少雄那會兒就是馬凌山小學的校長，馬凌山小學改建工作由他一手負責，他沒少從裏面撈油水。那時候，孟少雄的老婆孩子不在身邊，就尋思著幹點邪事。結果一眼瞄上了劉秋雨。」

「孟少雄看上劉秋雨之後，沒好意思明說，就經常往胡慶民的窩棚邊上轉悠，偶爾也給胡慶民一點接濟，說是關心工友。」二子不屑地吐了一口唾沫，繼續道：「那胡慶民刁鑽奸猾，能不知道校長是看上了他的老婆？但是，這個男人賤就賤在骨子裏，打算順水推舟讓他老婆去和孟少雄睡覺，就是想讓孟少雄多給他點錢。」

「結果，那劉秋雨打死也不從。」二子說到這裏，又停下來了，挑著眉毛看著我，那神情似乎在問我問題。

我被他的神情逗得惱火，就問他：「她不是奴隸嗎，怎麼就不從了？」

「嘿嘿，小師父，這個你小孩子就不懂了。你要知道，那劉秋雨雖然被胡慶民打怕了，屈服了，但是這並不代表她就完全傻了。她知道絕對不能開這個頭，因為一旦有了第一次，就有第二次，所以劉秋雨當時堅決不同意。結果，胡慶民就幹了一件喪盡天良的事情，直接硬按著劉秋雨，把她衣服都扯了，想讓孟少雄上。娘的，呸呸呸！」

二子說到這裏，神情變得非常憤慨，頓了一下才繼續說下面的話。

「劉秋雨又是掐又是咬，瘋了一樣反抗。胡慶民看孟少雄沒了心情，要走了，擔心沒錢去賭了，就拿起工地上砸磚的鐵錘子，一錘子砸到了劉秋雨的後腦門上。那鐵錘子可是十幾斤重的，正常人都挨不了這一下，那劉秋雨已經被打得遍體鱗傷，餓了好幾個月了，怎麼可能撐得住這一下，所以，這一錘下去，那劉秋雨就翻白眼躺下了。」

「劉秋雨躺下了，那胡慶民還有孟少雄，竟沒一個人想著去救一下的。胡慶民一把奪了孟少雄的錢，轉身就去賭去了。那孟少雄色迷心竅，居然就這樣把劉秋雨給玷汙了。」

「孟少雄休息了一天，又來了興致，就給了胡慶民一些錢，自己溜達著來到胡慶民的窩棚裏面，準備去找劉秋雨。結果，他走到距離窩棚不遠處，就聞到了一股臭味。原來劉秋雨頭天晚上被孟少雄強姦的時候就死了。那時候天太熱，屍體都開始流水腐爛，已經招蒼蠅生蛆了。」

二子這時講不下去了，聲音開始哽咽。

沒想到，二子這種鐵一般的男人，居然也會傷心落淚。姥爺這時候也是低頭默默地抽著旱煙袋，說不出話來了。

我的牙齒咬得咯咯響，整個心如同遭到重擊一般，心中的憤懣無以復加。

「胡慶民死得太便宜了，這種人應該一刀刀割死他！」我緊攥著拳頭，強忍著淚水，沉聲說道。

「哎——死者已矣，生前的罪過，以後自然會有報應的。」姥爺長嘆了一口氣，擦了擦眼睛，轉身給煙斗換煙葉。

「這個案子是結了。胡慶民的屍體也找到了，就死在當年他和孟少雄偷偷埋劉秋雨的那個牆根底下。孟少雄已經被抓起來了，我來的時候，偵查大隊的人正在審問他謀殺胡慶民的口供，田先生也出來作證了。」二子長出了一口氣道。

「那個劉秋雨的屍骨，你們準備怎麼辦？」我問道。

「查不到她的戶籍資料，大概名字也是假的。所以屍骨雖然起出來了，但是沒法歸回原籍安葬，就葬在長青路公墓了。希望她能安息吧，我們能做的，也就這麼多了。」二子咂嘴皺眉道，「以後學校裏應該不會再鬧鬼了，可以安寧了。」

「這可不一定。」姥爺皺眉沉吟道，「她這怨氣積年累月，我看不是這麼容易消的。」

「難不成她以後還要作怪？她的屍骨都不在學校了，應該不會再出來了吧？」二子有些疑惑地問道。

「那就不在學校裏鬧騰了，開始鬧騰墓地了唄。墓地裏陰氣重，要是累積下去，更凶。」姥爺沉吟道。

「那怎麼辦？有沒有什麼法子消除？好歹也讓她安穩轉世投胎啊。」二子有些擔憂地說道。

「沒事，改天我和大同去拜拜她，超度一下，就差不多了。這個時候，她就差個指引。」姥爺站起身，又嘆了一口氣，悠悠道，「眾生苦，人生最苦，苦海無涯啊。」

「剩下的事情你不用擔心了，我會安排的。」姥爺走到裏屋的床上躺下來，「我累了，先睡一會兒，晚上趕路。」

「噢，好。」二子點了點頭，把劉秋雨的公墓號碼寫給了我，就下山了。

我走進裏屋問姥爺，我們是不是今晚就去。姥爺點了點頭，讓我也睡一會兒，說晚上可能會用比較多的時間。

我躺下之後，卻遲遲都沒能睡著。總感覺胸口很悶，好像受了莫大的委屈無法發洩一般。我翻來覆去折騰了半天，最後連姥爺都被我吵醒了。

「大同，你在想什麼呢？」姥爺問道。

「我不知道，就是胸口憋悶。」我說道。

姥爺坐起身，呵呵笑道：「看來你還是孩子心性啊，很多事情都不能釋懷。其實，這就是我和你說過的道行。如果你真的要拿起這根陽魂尺，首先要做到心如磐石，不為凡塵瑣事所動。你這麼情緒化，不知道要到什麼時候才能修煉出來啊。」

「姥爺，你說，那個劉秋雨受了那麼大的罪，我覺得如果是我的話，可能永遠都消不了這個仇恨。」我坐起身，皺著眉頭對姥爺說道。

「大同啊，你這個想法就不對了。這世上本來就沒有絕對快活的人，誰都要受一點罪的。所以，關鍵要看心態啊。俗話說，有仇報仇，有冤報冤。現在那個胡慶民自食其果已經死了，孟少雄也沒有好下場，也算是罪有應得了。受再大的罪，也不能牽連無辜的人啊。」姥爺點了一袋煙，一邊抽著一邊繼續對我說道：

「再說了，每個人生下來命運就是注定的，這輩子受苦，說不定是上輩子欠的債。這輩子遭了難，說不定下輩子就過得快活了。」

「姥爺，真的有下輩子嗎？」我有些好奇地問道。

「有沒有下輩子，姥爺不知道，但是這輩子嘛，咱們就好好活，也為下輩子積點陰德，說不定真的有下輩子呢？」姥爺微笑著，半真半假地對我說道。

我沒有再糾纏這個問題，問他晚上準備怎麼給劉秋雨超度，讓他教教我。

「其實很簡單，就是一個儀式，晚上你看看就知道了。成不成也要看她樂不樂意。」姥爺說道。

我不由得感到非常好奇，對超度的事情充滿了期待。因為心裏想著的事情換了，我也感覺好受了一些，重新躺下之後，沒多久就睡著了。

我一覺睡到天擦黑才醒。

醒來之後，我和姥爺吃了晚飯，姥爺背起一個小箱子，就和我一起下山。

我們來到長青路公墓，找到了劉秋雨的墓。那是一座新墓，墓碑上只寫了個名字，沒有照片。

姥爺和墓地管理員大叔說了幾句話之後，大叔很知趣地點點頭離開了。

我和姥爺來到劉秋雨的墓前。姥爺先從口袋裏拿出一些紙錢，用小石子壓在墓前，點了起來。

「給你送點盤纏，路上平安。」姥爺一邊燒著紙錢，一邊喃喃說道。

姥爺打開小箱子，從裏面拿出一個黑色小瓷碗，將瓷碗反扣在地上，接著拿出一根蠟燭，讓我把蠟燭點好，黏在瓷碗底上。

我按照姥爺的要求把蠟燭放好。姥爺摸索著在地上盤膝坐下，拿出一串黑色念珠，拿在手裏撥弄了幾下，對我說道：

「知道這叫什麼嗎？」

「不知道。」我答道。

「這就叫鬼吹燈。」姥爺撥弄著念珠，「這種超度，一般選在這樣沒有風的夜裏。在墳前點一盞燈，對墓主人念轉生咒，要是念了七七四十九遍之後，這燈還亮著，那就說明超度成功了，墓主人接受指引和勸導了。如果中途這燈滅了，而且不是因為自然風吹的，點了三次還是滅的，那就說明超度失敗了，墓主人不願意接受指引，還有仇怨未了，暫時不想離開。」

「這個鬼吹燈記住了麼？這個儀式最簡單，以後啊，說不定你用得著。」姥爺悠悠地對我說道。

「嗯。」我點了點頭，又問姥爺，轉生咒該怎麼念，還有，如果墓主人不接受超度，又要怎麼辦？

「轉生咒很簡單，等下我念，你聽著，好好記在心裏。念咒的同時，要用法器，比如撥弄這串念珠。這串念珠一共四十九顆珠子，數完一圈是一輪。超度念咒的時候，心要靜，心要誠，要把你真正的善意傳達出去。這可不單單是一個儀式，儀式只是表面形式，你的真心才是最主要的。如果你心夠誠的話，其實完全不需要儀式也可以幫它超度，比如那個何青蓮，不是不用儀式就自己化解了嗎？」姥爺又補充了一句，「如果超度失敗了，可能是因為你心不誠，也可能是墓主人確實有莫大的仇怨未平。所以這個時候就不能再強行超度了，要想辦法幫他平息怨恨。」

「那要是怨恨平息不了呢？」我皺眉問道。

「那就看他凶不凶，如果實在是為禍不淺，你不是有陽魂尺嗎？如果不是很凶的話，可以稍微等待一段時間，說不定也就化解了。」

「太古之初，天生元極，
元極生陰陽，陰陽生三界，
三界生四象，四象生五行，
五行生六合，六合生七星，
七星生八卦，八卦生九宮，
九九歸一，一切歸於元極。
生從元極來，還歸元極去，
一切凡塵過往，皆為虛妄，
大夢一場，轉生倫常——」

姥爺說完話之後，讓我好好看著燈火，接著便開始念起《轉生咒》。

咒語不是很長，我聽了幾遍之後，就完全記住了。但是，這只是死記硬背而已，對於咒語的意思，我是根本不懂的。

姥爺念咒的時候，微微低著頭，聲音緩慢悠長，聽著就讓人迷迷糊糊地想睡覺。他雙手放在身前，不停地數著念珠，念一遍咒語就撥一顆念珠。

我蹲在姥爺側後方的一塊草地上，單手托腮，瞇著眼睛看著微微搖曳的燭火，耳中聽著姥爺的念咒聲，不由得開始打哈欠，很想睡覺。

「啊——」我打了個哈欠，揉揉眼皮，打起精神撐著，不讓自己睡著。

但是，也不知道為什麼，那墳前的燈火這時候搖擺地很均勻，很有一種催眠效果，讓人越看越想睡。可是，畢竟我意志力堅強，所以，一直都沒有睡著。

中途，我微微瞇了那麼一會兒眼睛，但是立刻就驚醒了過來，繼續強打精神看著那燈火。

突然撲面一陣陰風襲來，燭火呼啦呼啦扯動了幾下，滅了，四周立刻變得一片漆黑。

我一下子從地上站了起來，失聲對姥爺叫道：

「姥爺，不好了，燈滅了！」

這時候，我突然意識到了一個更加詭異的事情，姥爺的念咒聲好像是在燈滅之前就停下了。這讓我一時間在心裏不停地打起了嘀咕。姥爺為什麼中途會停下來？難道他知道燈馬上就要滅了？

這時候，我的眼睛基本上已經適應了黑暗，大致看清了四周的情況。我抬頭向前看去，發現姥爺依舊坐在墳前，能看到他黑乎乎的背影。

「姥爺，你怎麼了？」

我有些疑惑地走上前，拉了姥爺一下。但是，當我的手接觸到姥爺的身體時，立刻感覺到了一股森寒的氣息。

我被那氣息嚇了一跳，心知情況不對，連忙縮手回來，接著再湊近仔細一看，這才發現，地上坐著的哪裡還是姥爺，分明就是一個穿著黑衣、披頭散髮的女人！

我不自覺全身寒毛直豎，驚恐地向後退了好幾步，心裏不由得疑惑，不知道自己是在夢中還是現實中。我清楚地記得自己是醒著的，但是，眼前看到的世界卻是一片虛無。

正在我遲疑的時候，那個黑衣女人慢慢地站了起來，接著緩緩地轉過身來，一聲不響地看著我。

我這才看清那個女人的模樣。她的臉色很蒼白，目光卻很靈動。她的臉型很好看，尖尖的下巴，很薄的嘴唇，細長脖子是雪白的。她看著我，嘴角勾起了一個弧度，對我微微笑了一下，接著又緩緩轉過身，向遠處走去了。

我立在原地，看著那女人的背影消失，這才長出了一口氣，抹了抹額頭的冷汗，有些洩力地一屁股在地上坐了下來。

「嘻嘻哈哈——」我的身後突然傳來一陣小女孩的嬉笑聲。

我一下子從地上跳了起來，這才發現一個小女孩正坐在一個墳頭上看著我笑。女孩見我在看她，從墳頭上跳下來，朝我走了過來。

她走到我面前，伸手遞給我一樣東西。我一看她的手掌上，有一朵紅色的牽牛花。我疑惑地接了過來，然後看著女孩。

女孩見到我拿了花，很開心地笑了，接著就轉身一蹦一跳地走了，一邊跑一邊嘴裏還唱道：「一朵牽牛花呀，爬滿竹籬笆呀……」

小女孩轉過幾個墳頭，身影也消失了。四周除了一片黑魆魆的墳地之外，什麼都沒有了。

夜風很涼，吹得人身上直起雞皮疙瘩。我下意識地抱了抱肩膀，想繼續去找姥爺，突然有人在背後拍了我一下。

我一驚，突然覺得眼前一片光亮，接著睜眼一看，這才發現四下一片寂靜，夜風淒淒，墳前的蠟燭還在搖搖曳曳地晃動著。

姥爺正蹲在我的身側，「吧嗒吧嗒」地抽著旱煙袋。

我不由得有些自責，暗怪自己怎麼還是睡著了。

「沒事了，已經結束了，我念的那個《轉生咒》，你記住了嗎？」姥爺問我。

「記住了，可是不懂是什麼意思。」我有些心虛地說道。

「沒關係，以後就明白了。好了，咱們回去吧，這都半夜啦。」姥爺站起身，摸索著收拾好了小箱子，背到身上，然後領著我的手往回走。

夜色很深沉，我和姥爺也沒有打手電筒，就這麼摸黑著往前走。

姥爺一邊走一邊問道：「大同，這次的事情你還是辦得挺妥當的。怎麼樣，有沒有什麼心得？」

「啊？」我愣了一下，有些不好意思地說道：「沒啥心得，不過我現在覺得一開始太衝動了，好像冤枉了那個女人，但是，劉小倩畢竟是被她害死的。嗨，不知道怎麼說，反正都有錯吧。姥爺，我是不是太笨了，連這個事情都弄不明白。」

「嘿嘿，你能發現自己弄不明白，這就對了。」姥爺笑道，「跟你說吧，這世上原本就沒有對錯的分別。誰都不是完美的，誰都犯過錯。咱們做事情的時候啊，首先要有一個平和的心態才行。任何事情，都是旁觀者清，當局者迷。你不是幫助冤魂復仇的判官，而是平息冤魂怨氣的陰陽師。如果你總是被對方的怨恨影響牽引，那麼你也就會陷入其中，不能自拔。這就是道行，這就是修行。心如磐石，才能成為一名出色的陰陽師，你明白嗎？」

「噢，明白了。」我答道，其實我壓根兒就不明白。我一直覺得那些冤魂之所以有怨恨，是非常正常的，我很難在接觸這些事情的時候，還能夠站在客觀的立場上去看待他們。

「這段試練，算是告一個段落了，接下來，你還想不想再挑戰挑戰？」姥爺問我道。

我有些心虛地問道：「什麼挑戰？還是我一個人嗎？」

「不，這次我和你一起，因為這個太凶了，而且來頭不正，不是你一個人能對付的。」姥爺說道。

「有多凶？」我好奇地問道。

「這個說不定，總之不是一般的東西。」姥爺咂咂嘴，「說不定我也不是它的對手。」

聽到姥爺的話，我嚇了一跳，問道：「到底是什麼東西？」

在我的心目中，姥爺在鬼魂面前是無敵的，現在姥爺居然說那個鬼東西連他都鬥不過，這就不能不讓我感到震驚和好奇了。

「嘿嘿，大同，你知道這世上最凶的東西是什麼嗎？」姥爺並沒有回答我的問題，而是反問了我一個問題。

「是什麼？」這個問題的答案，我還真的不知道。

「這世上凶的東西多了去了，到底哪個最凶，沒有個定論。但是，我們接下來對付的這個東西，是我所見過的最凶的一個，我給它取名叫陰兵煞。」姥爺說道。

「陰兵煞？在哪裡？我們什麼時候去對付它？」我問道。

「不著急，這個慢慢來，你現在道行太淺了，而且對鬼事的瞭解也還不夠。咱們總會有機會遇到的。」

劉秋雨的案子，已經過去半年了，現在是秋末冬初。這半年裏，我過著非常平靜的生活，白天上學，晚上回來和姥爺學活計。

在暑假裏，我有大把的時間和姥爺學習活計，因此，姥爺那本竹簡古書《青燈鬼話》上面記載的故事，基本上我都已經學完了。

學完這些故事，我對陰陽鬼事的認識又增加了很多。可以說，現在的我，可以真正被稱為「小師父」了，尋常小鬼遇到我，那就是自尋死路。

姥爺開始教我其他東西，比如咒語、陣法、紙符、陰陽道學等等。咒語和紙符，都不需要深刻的理解力，只要記性好，很快就可以學會。所以，這兩樣東西，我學得很快。

我現在已經會念很多咒語了，不過其實也沒有啥用處，還是像姥爺說的那樣，主要看心誠不誠。咒語並不是武器，它是一種傳遞資訊的工具，是為了讓那些陰魂能夠聽到你的聲音。說白了，咒語其實就是鬼話。

我還會畫很多符。姥爺的箱子裏存有厚厚一疊畫了符的草紙。這段時間，姥爺讓我按照上面的樣子，一張張照著畫，讓我先畫熟練了，然後再教我這些符的功能。

陣法和陰陽道學我搞不明白是什麼意思。雖然我的心智比普通孩子要成熟一些，但是畢竟我現在掌握的知識很有限，很難理解陰陽五行的艱澀理論，於是姥爺就暫時沒再教我這些東西，開始教我算術和日月周天。

為了讓我能夠全面瞭解風水堪輿知識，姥爺給我講歷史。盤古開天、三皇五帝、女媧伏羲等，目的就是讓我在聽故事的同時，慢慢理解陰陽五行的概念。

這樣一來，時間就過得飛快，一轉眼的功夫，夏天過去了。

這段時間，姥爺對我的要求越來越嚴格，有時我貪玩一點，他就會罵我，這在以前是很少會發生的事情。我覺得姥爺好像巴不得在一天之內就把他平生所學都教給我。

這段時間姥爺的怪病沒有再發作過，似乎痊癒了一般。這就讓我更加想不通了，如果姥爺一直病著的話，那麼他的焦急還可以理解，但是既然他都已經沒事了，為什麼還這麼著急呢？

關於姥爺的怪病，我曾經問起過好幾次，但是姥爺每次都是沉默一下，然後就讓我不要再問了。這不但沒能釋解我心裏的疑惑，而且讓我對這個怪病越來越感到好奇了。

我升上二年級了。

新學年新氣象，學校的圍牆重建了，加高加厚了，教學樓粉刷一新，操場和校園內的路也重新鋪過，整個學校煥然一新。

現在的校長，是我們原來的班主任李文英老師。李老師背景深厚，一上任就給學校帶來了一大批撥款，這使得她的校長位置坐得非常踏實。

我上課的教室換了，不過，我的同桌還是劉小虎。

劉小虎自從經歷了上次那件事之後，性情大變，有些自閉。他不再愛說話，每天很用功地學習。他的努力得到了老師和同學們的認可，開始漸漸被大家接受，偶爾，還會有一些同學來向他請教問題。

劉小虎和我的關係自然是沒得說，每天除了不是睡在一起之外，其他時間幾乎都是待在一塊。我們一起學習，一起練字，一起上廁所，一起吃飯午休，形影不離。但是，誰都沒有再提起之前那件事情。

我認識了不少字，開始迷上看書，只要姥爺沒在教我活計，我就會看書。我看的書很雜，只要是印著字的紙頭我都看，有的生字看不懂，我就翻手邊的一本小字典。

天氣好的時候，我喜歡去山上的青絲仙瀑布看書，那裡是馬凌山最美的地方。瀑布雪白如練，有風的時候，向後一飄，就透出後面的絲絲翠綠細藤，讓人心曠神怡，精神舒爽。

瀑布高二三十米，兩側是樹木蔥蘢、竹葉沙沙的密林，下面是一眼半畝見方、清澈見底、碎石鋪墊的水潭。水潭一路向前流出一條山澗小溪，流水淙淙，溪流兩邊細草如絲、綠意盎然。

天氣好的時候，陽光能直接透到水潭底下的石頭上，在石頭上留下一道道絢麗的光影。

水潭裏有很多小魚，顏色發青，不仔細看的話，很難發現牠們。而且小魚游得很快，人影一晃過，牠們一閃就沒影了。

瀑布飛流直下，在水潭上灑下一大片水花，風大的時候還會形成水霧。有時候，站在瀑布前面，還能看到一道小小的彩虹橫跨在瀑布上。

瀑布離療養院不遠，走路不到十分鐘。水潭邊上有許多光滑的大青石，其中一塊青石的位置最好，正好在山腰的位置，一邊是柔軟的細草，另一邊是水汽襲人的瀑布，頭頂則是一株斜伸出來的如大傘蓋一般的大榕樹。

青石約有三尺見方，表面平坦，略略有一個傾斜的角度，坐在上面看書，不但清涼舒服，累了還可以躺下來睡一覺，真是一塊寶地。

自從我發現這塊青石之後，就成了青絲仙的常客，幾乎每天都會來一次。不過，青絲仙瀑布因為風景優美，偶爾會有遊客來遊玩，見到這些遊人，我就不會再去了。

這其間，還發生了一件讓我感到非常奇怪的事情。

一個夏天的清晨，我又到那裡去看書，習慣性地爬到那塊青石上。

我嗅到了一股非常清新的香氣，香氣很淡，但是醒腦提神，聞起來心曠神怡。我感到很好奇，心說莫非是什麼花香？但是，我在青石附近仔仔細細地找了一大圈，也沒有發現一朵花。

最後我發現，香氣的來源不是別處，正是這塊青石。我更加覺得這是一塊寶貝石頭了，我甚至心裏在打主意，想要把那塊石頭挖回來。

不過，讓我感到奇怪的是，自從香氣出現之後，我每次坐在青石上面看書，總感覺好像有人站在我的身後，和我一起看書。

這種感覺讓我非常困擾，一度以為這個地方有什麼髒東西。但是，我從各個方位查看過那個地方，沒有看到任何不尋常的東西。這才漸漸放寬心，不再去糾結這個事情。

有一次，我又在青石上看了一天書，回去後，姥爺聞到了我身上的香氣。

姥爺有些詫異地問我：「大同，你是不是遇到什麼人了？這股香氣不是一般的香。」

我對姥爺說，香氣是從石頭上散發出來的。

姥爺搖頭道：「不是，這香氣不是石頭能散發出來的。那塊石頭跟你一樣，也是長期被這香氣熏著，才帶了香味的。」

「那這香氣是什麼？」我好奇地問道。

「我也說不出，只是有點似曾相識。我年輕的時候，聞到過類似的香氣，那是在雪山上，我被暴風雪困了整整十天。後來在一個雪窟的底部聞到了這個香氣，依靠這個香氣，我才撐了下來。我昏迷的時候，總感覺身邊站著一個人，但是，醒來了卻什麼也沒有看見，連腳印都沒有，就是這股香氣一直飄著。香氣很提神，嗅了之後，感覺肚子都不怎麼餓了。」

姥爺抽著旱煙袋，悠悠地說道。

我不禁一怔，連忙把自己在青石上看書時的奇怪感覺跟姥爺說了。

姥爺不由得點頭道：「果然如此。」

「姥爺，那個東西會不會咬人？」

姥爺嘿嘿笑道：「應該不會咬人，不然早就咬你了。」

「那看來是無害的嘍。」我說道。

「不錯，無害的。不過嘛，你要是實在好奇啊，也可以想辦法看它一看，說不定就能知道是什麼了。」姥爺微笑道。

「我看不到，我早就試過了，那裡什麼也沒有。」我有些無奈地說道。

「嘿嘿，傻孩子，你這麼直接地去看，當然看不到了。你要趁它完全沒有防備的時候才行。」姥爺咂咂嘴道，「你懂吧？」

「是讓我想辦法偷看？」我恍然大悟道。

「嗯，差不多吧，不過，說不定它道行太高，不會現形。這樣的話，你可能永遠都看不到它。不過，不管看不看得到，都無所謂，反正人家沒有惡意。咱們也別介懷啦，就當遇到好事了吧。」

姥爺說完，領著我進屋子吃飯了，沒再繼續談這個話題。

那天之後，我躲在遠處試著偷看了很多回，卻一直沒有看到什麼東西，所以後來就放棄了，姥爺也沒有再追問這個事情。

第三十七章

人皮咒

這個詛咒的來歷非常奇特，叫人皮咒。
當年的事情，你爸媽當時不在場，只有我和你在場。
至於到底發生了什麼事情，這個你就別問，
反正現在都已經這樣了。

時間一晃來到了中秋。

中秋是團圓的日子，晚上，姥爺興致很高地喝了很多酒，有些醉了，就躺下休息了。我吃完月餅，也爬上床睡覺了。

半夜的時候，我被姥爺的一陣劇烈咳嗽聲吵醒，連忙起身摸索著開燈。我來到姥爺床邊，一看到他的情況，立時頭皮一陣發麻，不禁大叫了一聲。

姥爺的床上，此時已經一片血色。姥爺躺在血泊中，全身在咕嘟嘟地冒著血泡。血泡就像肥皂泡一樣，一層層地冒出來。姥爺翻著白眼，大張著嘴巴，兩隻手臂直豎地伸起來。

我以為姥爺已經死了，驚恐地站在姥爺床前哆嗦著。這時，負責給姥爺檢查身體的侯醫生急匆匆地拎著藥箱衝了進來。

侯醫生看到嚇得全身打晃的我，上來一把將我的眼睛蒙住了，在我的耳邊連聲安慰道：「別怕，別怕，姥爺沒事的。這是老毛病了，週期性的，發作一下就好了。別怕，沒事的，乖，跟我出來，別看了。」

侯醫生說著，把我抱出了房間，到了院子裏，這才把我放下來，蹲下身安慰道：「別怕啊，方曉，很快就沒事的，你姥爺很快就會好了。」

「嗚嗚——」聽到侯醫生的話，我緊揪著的心才算放鬆了一點，不由得大哭起來，抓著侯醫生的手追問道：「姥爺的病不是好了嗎？怎麼又犯了？」

「什麼時候好的？」侯醫生有些好奇地問道。

「早就好了，這麼久都沒有發作過。」

其實，那天晚上是我第一次親眼目睹姥爺病情發作的狀況。上一次，我只是聽說了他的情況。自從上次之後，姥爺確實沒有再發過病，不然的話，我早就應該看到了。

侯醫生皺著眉頭愣了一下，接著有些感嘆地說：

「方曉，你不是小孩子了，既然你已經看到了，我就和你實說了吧。你姥爺的病不但沒好，而且越來越重了，一次比一次發作得厲害。這個病，每個月農曆十五都會準時發作，不過，發作一下之後也就好了。所以，你也不用太擔心。」

「可是，以前我為什麼沒有見過姥爺發病？」我好奇地問道。

侯醫生嘆了一口氣道：「那是你姥爺疼你，怕你看到他的樣子害怕，每次快發病的時候，就自己悄悄躲出去了，發病結束了才回來，你當然沒有看到了。」

我這才恍然大悟，為什麼姥爺對我要求越來越嚴格，性格越來越急躁了。原來他一直都被這個恐怖的怪病困擾著。我不由得更加為姥爺擔憂。

「侯醫生，你實話告訴我，姥爺的病到底能不能治好？我求你了，你幫我治好姥爺的病，好嗎？」我一時心情激動，對著侯醫生就想跪下去。

可是，我的膝蓋還沒有碰到地面，一隻大手卻從侯醫生的身後伸了過來，一把將我拉起來了。

「男兒膝下有黃金，大同，你不能這麼做。」

我抬頭一看，發現姥爺居然已經恢復了正常。除了面色有點蒼白、看起來虛弱一點之外，和平時沒有什麼區別。

「咳咳，侯醫生，辛苦你了，大半夜的，又勞煩你跑了一趟。」姥爺摸索著，握了握侯醫生的手。

侯醫生見姥爺沒事了，鬆了一口氣道：

「沒事就好。沒有什麼事情的話，我先回去了，你們早點休息吧。」

侯醫生說完話，轉身離開了。我跟姥爺回到了房裏。

我依然心有餘悸，擔憂地看著姥爺，生怕他突然再發病。姥爺喘了一口氣，在床邊坐下來，摸索著點了一袋煙，手腳有些哆嗦地對我說道：

「別擔心，不妨事的。這病，我心裏有數，暫時還死不了。」

我看了看姥爺，又看了看床鋪，發現了一個非常怪異的事情。姥爺身上的衣服並沒有換掉，被褥也沒有換過，可是，現在姥爺的衣服和被褥上，居然一滴血都沒有！

「姥爺，為什麼你剛才流了那麼多血，現在衣服和被子上，一點血都沒沾上？」我感到非常好奇。

姥爺有些遲疑地點了點頭，皺著眉頭，咂咂嘴道：

「這個我也不知道，大概那血不是尋常的血，直接揮發了吧？得了這個病，什麼樣的怪事都有可能發生。大同啊，你就別再掛心了，這不是你能解決的事情。」

「姥爺，以後我是不是也會和你一樣？」我又想起了以前姥爺說過的那句話。

「估計是躲不過，你現在年紀還小，所以沒有發作，但是也保不準會發作得比較早，所以，姥爺拼命想把活計都教給你。這個病雖然詭異，但是並非完全沒有克制之法，只要你能夠修行有成，用功力完全鎖住身體的元氣不外洩，倒是可以撐過很長時間的，我這些年就是這麼撐過來的。最近這病發作得厲害，是因為在古墓裏的時候，要對付那個何成，我強行運氣發功，元氣就洩了。」姥爺嘆氣道，「這都是命啊，注定的事情躲不過的。我已經算是幸運了，還撐了這麼多年，若是普通人，估計這會兒早就沒命了。」

我執拗地追問道：「姥爺，這到底是什麼病？你能不能告訴我？還有，你為什麼說我也會得這個病？」

姥爺沉吟了一下，長嘆一口氣道：

「算了，我也不瞞你了。其實這不是病，是一種詛咒。之所以說你以後也會得，那是因為，當年你還在襁褓裏的時候，就和我一起沾染了這個詛咒。哎，怪我當時疏忽，沒能保護好你，是姥爺的錯，是姥爺害了你一輩子。大同，姥爺對不起你啊！」

姥爺說到這裏，很是傷感，幾乎流下淚來。

我聽了姥爺的話，一陣心酸，不覺有些哽咽地上前拉著姥爺的衣袖，對他說：「姥爺，沒事的，你別怪自己了。你看，我現在不是一直都好好的麼？你放心吧，等我長大了，我一定想辦法把你的病治好。」

姥爺很感動，伸手把我攬在膝頭，感嘆道：「傻孩子，姥爺這輩子也算活夠啦，只要你有出息，姥爺不管早晚走了，都會開心的。」

「姥爺，你別這麼說，你放心，我一定能幫你治好的。我去學解咒的法子。」我執拗地說道。

姥爺含笑不語，拍拍我，讓我繼續去睡覺。我的心裏還是不舒服，就賴在姥爺床上，問他這個詛咒的事情。

「到底是什麼詛咒那麼厲害，可以把人變成這樣？我們為什麼會中那個詛咒？

當年都發生了什麼事情？為什麼我從來沒聽爸媽講過？爸媽和妹妹是不是也中了詛咒？為什麼我長這麼大一直沒有發作過？是和人的年齡有關嗎？那我的詛咒會在什麼時候發作？」

我把心裏的疑問一股腦兒都問了出來。

我從小就喜歡問為什麼，這件事情又是關乎性命的，我怕死，也很怕失去姥爺、失去父母親人，所以，就更加要問個清楚了。

姥爺知道我的脾氣，知道我不弄清楚，是絕對不會甘休的，於是慢慢地給我解釋道：

「這個詛咒的來歷非常奇特，叫人皮咒。當年的事情，你爸媽都不知道，他們當時不在場，只有我和你在場。所以，你爸媽和小瞳不會有事。至於當年到底發生什麼事情了，這個你就別問了，反正現在都已經這樣了。」姥爺自嘲地笑了一下，「這詛咒發不發作，和年齡沒關係，基本上撐不過兩年就要發作，嗯，不對——」

姥爺突然停下話頭，皺著眉頭沉思起來。

「姥爺，怎麼了？」我有些好奇地問道。

「這個事情不對啊。大同，你這麼一問，倒是提醒我了。這麼多年，你一直都沒有發作過，確實很奇怪。你還沒有道行，自然是不知道緊鎖全身元氣的法子。而且從小到大，你不知道跌傷磕破過多少回，按理來說，應該早就發作了。以前，我一直覺得可能是你元氣比較足，所以沒有發作過，現在想來，我一直想錯了。按道理來說，就算是這樣，那也只能在發作之後支撐更長時間而已，不應該完全不會發作啊。難道你沒有中那個詛咒？可是，當年我親眼見到你越過警戒線，進入輻射區的啊。當年一起跟過去的人，後來都遭了報應。難道那個詛咒對你不起作用？」

姥爺越發疑惑了，索性起身，背著手在屋子裏來回走著，皺眉思索，又連連搖頭。

「不對，不對，你肯定是中了那個詛咒了。那個詛咒對任何人都起作用，不可能獨獨對你失效的。」

「難道說，你之前誤打誤撞做過什麼事情，剛巧把詛咒給解開了？也不對，這個詛咒要是真的能解開，就不會遺禍這麼久了。」

我也滿心疑惑，於是盤腿托腮坐在床上，幫著姥爺一起想。

「姥爺，會不會是因為我那天晚上喝了那兩個老爺爺的仙酒，所以就不會發作了？」我想起了那次奇遇。

「不可能，那個仙酒對身體有好處，對詛咒卻是沒用的。」姥爺搖搖頭，「這個事情得分先後。按道理來說，你兩三歲就該發作了，而你是最近才喝仙酒的。你要是真的不會發作了，那你破解詛咒的時間，也應該是在兩三歲以前。」

我覺得那酒雖然破解不了詛咒，但是至少可以幫助中了詛咒的人支撐更長的時間，於是當時心裏想著，要是有機會，一定要想辦法再弄點那種酒來給姥爺喝。

這麼一想，不自覺就想起了小黑鬍子。這才想起來，來這裏這麼久了，我卻完全把他忘在腦後了。

「哎呀，糟糕！」想起我和小黑鬍子的約定，我用力拍了一下腦袋，滿心的自責。

「怎麼了？」姥爺聽到我的動靜，有些疑惑地問道。

「沒，沒什麼。」我沒有把小黑鬍子的事情說出來，「姥爺，夜深了，要不我們先睡吧，這個事情，慢慢再想吧。」

為了儘快出去召喚小黑鬍子，我就哄著姥爺，讓他早點睡。姥爺晚上喝了酒，剛才又發了病，這會兒是真的乏了，聽了我的話，點點頭道：「也好，反正一時半會兒也找不出緣由，還是先睡吧，來日方長，說不定哪天就能想到了。」

我一直等到姥爺鼾聲響起，才悄悄起身，把自己放零碎東西的小包袱揣進懷裏，然後悄無聲息地推門出去了。

屋外月掛西天，地面一片銀白。山風徐徐吹著，樹影晃動，斑斑駁駁，是我最喜歡的夜色。

這次，沒有大黃陪著我了，我只能一個人往山上摸。

不過，由於道路已經走習慣了，所以，我很快就來到青絲仙瀑布的邊上。

為什麼來這裏？我要在這裏會小黑鬍子，這兒不但風景好，而且很清靜，是個會面的好地點。

我走到距離瀑布不遠處的一片稀疏高大的樹林裏，從包袱裏摸出了臨別前小黑鬍子送給我的哨子，吹了起來。

「啾——」

這個哨子我還是第一次吹，沒想到聲音非常刺耳，聽得我自己都有點皺眉頭。

因為聲音不好聽，我吹了幾下之後，就停下了，然後背靠著一棵大樹，晃著樹枝，在那兒等著小黑鬍子。

不過，我等了半天，也沒有看到小黑鬍子的影子，想必是因為路途太遠，這傢伙能力有限，一時半會兒到不了。

我想可能今天晚上這傢伙不會來了，就準備回去。

就在我剛轉身的當口，遠處突然傳來了一聲尖叫，接著就聽到一個女人大叫道：「救命啊——」

三更半夜的，又是深山密林，突然之間聽到這麼一聲叫喚，我驚得心一跳，回身望著樹林，驚疑了半天，暗想莫非這兒有髒東西，大半夜的出來害人了？

想到這，我不由得有些擔心，因為我出門太匆忙，陰魂尺和打鬼棒都沒帶著，那髒東西要是這時候出來，我只能和它肉搏了，實在不行，就只能用中指血、童子尿對付它了。

就在我驚疑不定的時候，聽到樹林深處又傳出了一陣聲響。這次的聲響不再是女人的聲音了，換成了貓叫。

「哇——唔——哇——唔——」

一聽那低沉兇狠的貓叫聲，我立刻就猜出那是一條正在捕食獵物的狸貓。狸貓的叫聲和家貓不同，山裏的大狸貓都有三分虎性，叫喚的聲音也更加低沉兇狠。我心裏開始納悶了，猜不透這樹林裏到底是個什麼情形。

按照先前那個女人的叫聲推斷，好像是那個女人遇到危險了，可能是被野獸襲擊了，也可能是遇到蛇了，總之是遇到危險了。但是，現在聽那個狸貓的叫聲，我又覺得好像是狸貓在抓捕什麼東西。難道是狸貓在抓那個女人？

這又不太對啊，兩人的體型完全不對等，狸貓膽子再大也不敢襲擊人，只要是正常人，一腳就能把牠踢飛的。別說攻擊一個成年女人，就是攻擊我這樣的小孩，牠也不夠個兒啊。

狸貓能有多大，最多十幾斤重，要是能長到二十斤，就已經算是超級大貓了。所以，狸貓攻擊人，是不太可能的事情。

難道是那個女人遇到危險了，狸貓在幫她解圍？也不對啊，狸貓和那個女人又不熟，看到她，跑還來不及，還去幫她解圍，狸貓會這麼見義勇為？

我左思右想猜測了半天，也沒有想出頭緒來，想上前看個究竟，又擔心是什麼髒東西故意在搞怪，引人上鉤，過去之後，說不定會中了圈套。但是要是不過去看個究竟，就這麼回去的話，我的心裏又感覺空落落的。

一時間，我拿捏不定，傻乎乎地在樹下站了半天。

就在我正猶豫的時候，突然聽到右邊不到二十米遠的一處長滿松樹的斜坡上，響起了一陣急促又沉重的腳步聲。

我側眼一看，看到一個高大壯實的人影，手裏提著一根棍子，快速向前面的樹林裏跑去了。那個人影跑進去之後，沒過幾秒鐘時間，剛才還叫喚得低沉兇狠的狸貓，突然發出一聲淒厲的尖叫。

「哇——咪呀——」

狸貓的叫聲落下沒幾秒鐘，又見到一道黑影從樹林裏躥了出來，一邊跑一邊勾頭往後看。

那個黑影跑到近前，我才看清那是一隻個頭兒和小狗差不多的大狸貓。那隻狸貓一身黑毛，背上有幾道梨白色的花紋，跑動起來不像貓，倒像一條菜花蛇。

緊跟在狸貓後面，一個拿著棍子的高大人影追了出來。

「方曉，攔住這畜生，往我這邊趕！」

那個人影見到狸貓朝我這邊跑過來，招手對我喊了一聲。

我一聽那人居然知道我的名字，知道是熟人，連忙應了一聲，然後甩著書包，張牙舞爪，「吼吼」亂叫。

那隻狸貓正在狼狽逃竄，突然見到攔路出現這麼一個「怪物」，嚇得又是一聲尖叫，「嗖——」一下，躥到了旁邊一棵粗大的槐樹上去了。

「狗日的，以為躲樹上就能逃掉，活該作死！」

這時人影追到樹下，仰頭看著躲在樹杈上的狸貓，冷笑一聲，從地上撿起幾塊石子，抬手就照著狸貓的腦袋砸了過去。

「啾——劈啪——啾——劈啪——」那個人的力氣很大，石子擲出去都帶著破空聲。

狸貓第一下躲過了，第二下沒能躲開，被石子砸到了屁股上，尖叫著從樹上跳了下來，想奪路逃跑。可是沒想到那狸貓還沒有落地的時候，一根棍子已經帶著風聲橫空掃出了，棍子重重地砸到狸貓的腰上。

「撲——」一聲悶響，狸貓被一棍撂倒在地，連叫喚的聲音都沒有了。

原來，那個追打狸貓的人，料定了狸貓要跳下來逃走，所以早就暗自攥緊棍子瞅準方向，就等著牠下來。結果這隻笨貓真的就下來了，於是乎就被收拾了。

「該死的畜生，讓你再張狂！」把狸貓砸到地上之後，那個人跟上去就是幾腳狠踹，把那隻狸貓徹底弄死了。

「這隻貓和你有仇啊，幹嘛非得弄死牠，好歹也是生靈啊。」

我跑上去一看，發現那隻狸貓已經被他踹得七竅流血，大張著嘴，豎著四肢死在地上，樣子很悲慘。我心裏有些不忍，於是就質問那個人，抬頭一看，見到了一張熟悉的面孔。

「鐵子？」

我先是一驚，接著後退一步，發現他還是穿著一身舊軍裝，紮著武裝帶，三分頭、大眼睛、粗眉毛，這才確定是他，問道：

「你怎麼會在這裏的？」

「娘的，別提了。」這時鐵子的心情才算平復一點，用棍子支著地面對我說道：「今晚不是中秋嘛，聽說這兒風景好，老子特地帶女朋友來這邊看瀑布。誰知道老子一轉身去上個大號，這隻混蛋狸貓就把俺的女朋友抓咬了好幾道口子，氣死老子了。老子不要牠的命，就不是鐵子了。」

「這隻貓敢咬人？」我有些不相信。

「你以為這是普通的貓啊，你也不仔細看看牠的腦袋。」鐵子彎腰拎著狸貓的耳朵，把狸貓的額頭湊到我面前。

我這時候再仔細一看，不由得被嚇了一跳，赫然發現那狸貓的額頭中央，居然有一塊銅錢大小、沒有毛髮的肉球突出，肉球上面耷拉著褶皺的皮層，看起來就像是一隻閉上的人眼。

在貓臉上見到一隻人眼，這感覺絕對不是一般的詭異。

「這是什麼？」我驚愕地問鐵子。

「眼睛啊，還能是什麼？」鐵子把狸貓丟到地上，拍拍手對我說道。

「牠，怎麼有三隻眼睛？」我有些疑惑。

「說對了，牠就是三眼狸貓，而且還是蛇背人眼的鬼貓。」鐵子看看那山貓，對我說道。

我十分驚愕，我還是頭一次聽說這個名字。我好奇地看著鐵子，問道：「你怎麼知道這個東西的名字的？」

「老子當然知道，老子老家就有這玩意兒。這畜生狂著呢，老子已經盯了牠好幾天了，早就想處治牠的，一直沒騰出手來，沒想到牠自己還敢跑出來送死。」

鐵子說著，將手裏的棍子一扔，「好了，不和你廢話了，我要去看看俺女朋友了，你小子忙自己的事情去吧。」

鐵子似乎早就知道我住在附近一般，對於我的出現，而且是深更半夜出現，居然一點都不感到奇怪。我倒是感到好奇了，就問他，部隊是不是在山上。

鐵子看了看我，沒有回答，皺了一下眉頭反問道：「你說呢？」

我被他問得有些尷尬，點點頭道：「那好，我不打擾你了，我回去了。」

我轉身往回走，鐵子也轉身往樹林裏走去。

我走了沒幾步，估摸著鐵子看不到我了，一閃身進了旁邊的樹林，然後掉頭一聲不響地向他那邊摸去了。

話說，這傢伙實在是有些神秘，我是好奇心特別重的人，不看個清楚，回去之後一宿都別想睡著覺。

三更半夜，密林潛行，那是我的拿手活，我一路摸過去，愣是一點聲音都沒有發出來。

我悄悄地摸進青絲仙瀑布旁的樹林裏，躲在一篷樹葉後面，悄悄伸手扒開了一條縫向外看，正看到外面一片白白的月光下，鐵子和一個女人坐在一片草地上。

「手怎樣了，我看看。」鐵子背對我坐著，拉著那個女人的手，放到眼前看了看，接著低頭在女人的手腕上吮了吮，「沒事了，毒已經除了，你等一下，我找點七菜，捏點水、止止血，就沒事了。」

「謝謝。」那個女人微微低著頭，有些羞澀地說道。

「別這麼說，怪見外的。」鐵子笑了一下，起身彎腰低頭，在草地上找七菜。

這時候，我大概看清了那個女人的樣子。那個女人穿著白色的百褶長裙，微微屈膝坐在地上，如水一般的長髮披在肩上，兩條雪白細長的手臂光著，這使得她有些不勝夜風的清涼，微微縮肩，卻更顯得楚楚動人。

她的臉型我不是看得很清楚，但是能覺得出來很美。我不禁心裏一樂，暗想鐵子這傢伙倒是找了個好對象。

卻不想，我心裏這麼一動，坐在地上的那個女人，像似乎能夠察覺我的心理活動一般，突然扭頭向我這邊看了一眼，有些緊張地站起身，一把抓住了鐵子的手臂，躲到他的背後，對他說道：「樹林裏有人。」

「嗯？」鐵子皺了皺眉頭，向我這邊看了看，接著又豎著耳朵對著我這邊聽了聽，然後笑了一下，捏捏那個女人的手道：「別怕，不是壞人。」

鐵子說完，轉身對著我這邊扯著嗓子喊道：

「小子，出來吧，大半夜的不去睡覺，幹嘛來了？」

見鐵子已經發現我了，我只好無奈地嘆了一口氣，準備出去和他說話。

可是，我還沒來得及動作，離我大約有十米遠的樹林裏，突然一陣樹葉晃動，接著就見到一個小孩的身影從樹影裏走了出來，一邊走還一邊對鐵子喊道：

「幹嘛，我路過看一下還不行啊，就許你們親熱，不許我看啊，這裏又不是你家的山頭。」

那個小孩的聲音落下之後，鐵子倒是還沒有太大的反應，我心裏卻是愣了一下，這個聲音聽著怎麼這麼耳熟呢？

我仔細看那個小孩，這不是小黑鬍子是誰？

我知道這傢伙是趕來找我的，他應該是正好路過，發現了鐵子他們，就和我一樣趴在那裏偷看了。

「哎喲，這山頭上居然還有你這號存在，真是奇了，我來了這麼久，居然一直都不知道。」鐵子見到小黑鬍子，失笑地說著，轉身對那個女人說道：「沒事了，是個小孩子，咱們別管他。」

「去，就你們這山頭，我還不稀罕來呢，我是來找我的朋友的。」小黑鬍子不屑地抱著手臂說道。

「嘿，不稀罕就別來，好啦，不和你廢話了，你別在這兒耽誤我的時間，再耽擱，我拔你鬍子，信不？」鐵子說道。

「以大欺小，算什麼本事，我怕你啊？」小黑鬍子有些被激怒了，嘟囔著轉身往樹林走。

「沒事了，他走了。」鐵子轉身對那個女人說道。

「還有人。」那個女人低頭躲在鐵子身後，對著我的方向，緩緩地抬手指了一下。

鐵子一愣，接著似乎也有所察覺了，臉一沉，一陣風似的跑了過來，一把扒開樹葉，抓著我的領子，把我提了出去。

「喂，你小子大半夜幹嘛呢？不是讓你回去了嗎？」鐵子一看是我，煩躁地問道。

我被問得啞口無言，半天說不出話來，只好側眼看了看那個女人，卻發現那個女人似乎很怕見人，居然遠遠地躲到一棵大榕樹後面去了，只露出一截裙擺在那兒隨風飄著。

我看著鐵子和那個女人，心裏感到越來越好奇，暗想這兩個人肯定都來路不正，不是正常人，不然他們不可能和小黑鬍子那麼攪和。難道這兩個都是陰人？

想到這裏，我連忙微微低頭，瞇著眼睛偷看他們。

這麼一看之下，我更加納悶了，因為，我居然沒從他們身上看到任何陰氣。鐵子身上有些繚繞的氣息，卻並不陰寒，反而是一種類似罡氣的氣息，氣場很正。那個女人就更沒有陰氣了，她身上的氣息和正常人差不多，而且隱隱還透出一股清香。

「看啥看？以為老子是鬼啊？」鐵子看我皺著眉頭坐在地上，用眼光掃視他們，有些不悅地撇著嘴，抱著手臂沉聲問道。

我被他揭穿了西洋鏡，不由得滿臉火燙，有些扭捏地起身搓著衣角，說道：「我，我回去了，不打擾你了。」

「快滾回去，再鬼鬼祟祟的，小心我把你扔到山溝裏去！」鐵子上來在我的腦袋上拍了一下。

「你兇什麼?!」

我還沒來得及抗議呢，旁邊就有人看不下去了，衝著鐵子就嚷了一嗓子。我側頭一看，這才發現小黑鬍子正滿臉怒氣地瞪著鐵子。

「關你屁事？你算哪根蔥？」鐵子撇撇嘴，不屑地說道。

「當然關我的事，大同是我的朋友。」小黑鬍子上來一把將我拉了過去，對我說道：「咱們走，不要理這個神經病。」

小黑鬍子扯著我的手臂，一路往前跑去。

我跟著這傢伙，只覺得四周的樹木山林像颳風一般向後飛，沒一會兒工夫，就已經來到青絲仙下面溪流旁邊的一片草地上了。

「說，你為什麼這麼久才找我？是不是把我給忘了？」小黑鬍子鬆開我的手，轉身雙手叉腰，氣鼓鼓地看著我質問道。

我有些心虛，知道確實是自己錯了，但是又不想承認，就找了個話頭堵他：「你是神人，我沒事可不敢亂找你。」

「什麼意思？」小黑鬍子看著我問道。

「意思很明白。」我快快地坐下來，拿腔捏調地說，「你不夠朋友。」

「我不夠朋友？」小黑鬍子滿臉震驚的神情。

「不錯。」我起身背著手，晃蕩著對他說道：「你以為朋友就是吃喝玩樂嗎？

告訴你，真正的朋友，是要互相信任的，是要交心的。」
「我們還不交心？」小黑鬍子瞪大眼睛看著我問道。
「當然不交心，我把心交給你了，你的沒交給我。」我冷笑地看著他說。
「我怎麼就沒交給你了？老子每天心裏就想著你，你還說這話，你想氣死我？」小黑鬍子被我說得差點哭了出來。
「你想我有什麼用，我問你，你對我誠實嗎？到現在為止，你到底是誰家的孩子，是什麼身分，你都沒和我說實話，當我是傻子，哄著我玩，我可不上你的當。」我故意激小黑鬍子。
小黑鬍子聽了我的話，愣了一下，接著就洩了氣，有些鬱悶地嘆了一口氣，垂著腦袋在地上坐下來，有些委屈地對我說道：
「我沒爹也沒娘，誰家的也不是，你讓我說什麼？」
「那你到底是個什麼東西？」我湊到他身邊，看著他問道。
「你才是東西。」小黑鬍子瞪著我說道。
「你看，你就是不交心，你別以為我不知道，實話告訴你吧，我心裏明鏡似的。」我頓時真有些火大了，抱怨道，「我說，你們為啥就不能自己親口說出來，非要別人給你說穿嗎？你小子不就是個成精的何首烏嗎？你以為我不知道啊？」

「你說什麼？」小黑鬍子瞪大眼睛直直地看著我，滿臉驚愕。

我冷笑地哼聲道：「怎麼，難道我說的不對？」

「你腦子沒發燒吧？」小黑鬍子上來摸了摸我的腦袋。

「再裝，繼續裝吧。」我很不屑地說道。

「好吧。」見到我這麼說，小黑鬍子很無奈地雙手抱胸，在草地上坐了下來，抬頭看著我，「你是從哪裡看出來我是什麼何首烏精的？」

「我猜的。」我有些得意地說道：「我以前聽我爸媽講過，何首烏精就是長成你這個樣子的，小孩子，長鬍子，神神秘秘的。再說，我姥爺和我說了，你那兩個爺爺都是老妖怪，他們一個是千年老人參，一個是千年何首烏。他們既是老妖怪，你肯定就是小妖怪，你的鬍子不是白的，那你肯定就是何首烏精了。」

「你真有想像力。」小黑鬍子嘿嘿一樂，笑了起來，道：「你說的那個故事我也知道，以前東邊的王村村口那兒，有個老大爺經常唱書，我跟著聽過的。不過，人家書裏可說了，吃了那何首烏精，就能成仙的，你小子要不要也咬我兩口，成仙看看？」

唱書是民間流傳的一種文化生活形式。那年頭，農村的人識字少，娛樂活動也少，農閒的時候沒什麼事情做，大夥就會聚到一起，蹲在地上閒磕牙。這個時候，就會有村上識字的人，從家裏搬一本書出來，「唱」給大家聽。

這唱書可是很有講究的，不是什麼人都可以唱的。首先需要口音純正，嗓門洪亮。唱書真的就是在唱，而不是讀，聲調要跟著劇情抑揚頓挫，尾音拉得長，斷句清晰，特別是唱到精彩之處，簡直就是在唱大戲，活靈活現，繪聲繪色。

我小時候那會兒，很多村子上都還有唱書的人，唱的書大都是《紅樓夢》、《西遊記》、《水滸傳》、《三國演義》、《白蛇傳》、《東遊記》、《隋唐演義》、《儒林外傳》等，這些書我從小聽到大。

我被小黑鬍子說得有些害臊，就瞥了他一眼道：

「你信不信我真的咬你？」

「行啊，來，來，咬，咬，讓你咬！」

小黑鬍子也來氣了，捋著袖子，把胳膊伸到我嘴邊。

「別發神經病，我還沒有瘋呢。」我推開他，瞪著他，沉聲問道，「你別和我閒扯，你只告訴我，我說的是對是錯，你到底是不是何首烏精？」

「是你個大頭鬼！」小黑鬍子一臉憤怒，雙手掐腰，對我惡狠狠地吼了一聲，噴了我一臉唾沫。

「不是何首烏精的話，那你是啥？」我有些心虛了，嘟囔著問他。

「我是啥，你說我是啥？」小黑鬍子更惱火了，頂著我的臉問道。

我被他問無奈了，只好服軟說道：

「你好好說話，到底怎麼個回事，你給我說清楚，我反正是瞎猜的，就算說錯了，也不能怪我，你又沒跟我說過。」

「這個事情，需要說嗎？你看不到嗎？我一個大活人站在你面前，這還用解釋啊？難道每個你遇到的人，都會告訴你說：『喂，小子，老子可是活人，不是妖怪啊。』」

我被小黑鬍子說得樂了，撲哧一聲笑出來，接著問道：

「人家又沒有長成你這個怪樣子，你見過長鬍子的小孩麼？」

「長鬍子就是妖怪了？」小黑鬍子鬱悶地舔舔嘴唇問道。

「那你的鬍子是怎麼回事？」我追問道。

「算了，實話告訴你吧，我這鬍子都是被那兩個老妖怪害的。」小黑鬍子鬱悶地嘆氣道，拉著我坐下，「你看他們兩個一大把鬍子眉毛，是不是以為他們是老神仙，好像很厲害的樣子？」

「嗯，差不多吧。」我點頭道。

「那你知道他們兩個平時都是幹什麼的嗎？」小黑鬍子問我。

我有些好奇了，心說，既然是妖怪，那他們還需要幹什麼？不就是喝喝酒，玩玩樂樂嗎？

「他們平時躲在山上，一人一間破草屋，躲在裏面研究他們那些破書，不過嘛，要是沒酒了，他們可就有事情幹了。」小黑鬍子冷笑道，「他們沒錢買酒了，就抽籤，然後輸的人下山騙錢買酒。」

「騙錢買酒？」我不由得來了興致。

第三十八章

陰兵煞

「什麼叫陰兵煞？」鬍子很好奇。

「那些東西死前都是當兵的，生前戾氣很重，死後煞氣更凶，很多是有三分英魂氣，發起來可不是鬧著玩的。咳咳——」姥爺咳嗽了幾聲，有些虛弱地說。

「不錯，他們兩個老妖怪，一個號稱茅山大士，一個號稱嶗山上人，平時搗鼓一些亂七八糟的東西，沒錢了，就換上一身道袍，拖個幡子，下山搖鈴給人看風水算卦，騙吃騙喝騙錢，買酒上山來，喝完了再繼續騙。你覺得他們好像活了千把歲了，其實他們平時沒事就去山裏挖草藥，挖回來就一股腦堆到酒裏，蚯蚓、泥鰍、毒蛇、黃鱔、蠍子、螞蟻都往酒裏扔。喝了那種酒之後，就噌噌地長鬍子，於是他們就變成這個鬼樣子了。我就是被他們騙著喝了一大壺酒，就長出鬍子來了，我以前是和你一樣沒鬍子的。」

小黑鬍子恨恨地說道，「氣死我了，搞得我連見人都不敢了，每回去村子裏玩，就被一群小孩追著打，說我是妖怪，你說我憋屈不憋屈？」

小黑鬍子氣鼓鼓地嘟著嘴說道。

「這麼說來，他們兩個也是人了？」我有些疑惑地問道。

「你說呢？不是人，難道他們真是神仙？他們要是能成仙，豬都會飛了。」小黑鬍子很不屑地說道。

「那你也是人？」我繼續問道。

「屁話，老子以為你和那些小孩不一樣呢，沒有因為我有鬍子就不和我玩，才把你當朋友的，結果你也是這樣。算了，我走，還不行嗎？」小黑鬍子站起身，拍拍屁股就準備走人。

「別走，我錯了，你別生氣。」我連忙拉住他，陪著笑臉道：「好了，別生氣了，我也是因為好奇嘛，再說了，你身上確實有很多讓人好奇的地方，不然我也不會這麼誤會你。」

「我有什麼讓人好奇的地方？」小黑鬍子問道。

我撓撓頭，先問了他第一個問題：

「那天晚上，你偷瓜——」

「是摘瓜，那兩個老東西和你姥爺說好的，所以我才去摘的。」小黑鬍子糾正道。

「好吧，是摘瓜。」我更正了一下，繼續說道，「你摘瓜，我以為你是偷瓜的，就追你，結果到了樹林裏，你就和那個女人在一起了，後來她帶著我們一塊兒去找那兩個老爺爺騙酒喝。那個女人我是認識的，她不是活人，你是怎麼和她認識的？你為什麼不怕她？」

「這個還不簡單？你知道我是幹嘛的？」小黑鬍子看著我問道。

「幹嘛的？」我問他。

「你以為我什麼能力都沒有嗎？我告訴你吧，那兩個老傢伙雖然沒個正經，但是他們的道法確實很厲害的，我就是跟著他們學道法的。我雖然不是很厲害，但是跟女鬼聊聊天還是可以的。」小黑鬍子說道。

「那好吧，算你厲害，那為什麼我那天晚上一直感覺迷迷糊糊的，喝了酒之後，醒來就已經在床上了，跟做夢一樣？」我繼續問道。

「你還有臉說，你喝了酒，就趴在地上睡得跟死豬一樣，是我把你搬回去的，累得我半死。你姥爺也睡得很沉，我進進出出，他愣是沒察覺，真服了你們爺孫倆。」小黑鬍子撇嘴道。

「好，那就算是你把我搬回去的，那為什麼我喝了酒之後，一直感覺神清氣爽，後來我不管受了什麼傷，都會很快就好了，跑步比以前快，力氣也大了，而且腦子也靈活了很多？難道不是因為那酒裏混了兩個老頭子的口水嗎？他們兩個是老神仙，酒也是仙酒，對不對？」

「嘿嘿，別提了，那酒喝一兩口還好，要是喝多了，看到沒有，就會像我這樣。」小黑鬍子指了指自己的鬍子，又拍拍我的臉，「你算幸運的，就喝了一點點，恰到好處，便宜你了。」

「那我問你，為什麼你給我哨子，說我一吹你就能找到我，剛才我吹了，你真的就來了，你是怎麼做到的？從河沿邊的山上到這裏，少說也有幾十里地，你怎麼這麼快就到了？」我繼續追問道。

「你吹哨子，我能聽到，而且，我確實是聽到哨子聲才找過來的。那個哨子是兩個老怪物給我的，他們平時就是這麼找我的。不過嘛，說實話，我還真不是一眨眼工夫跑到這裏的。你知不知道，老子都偷偷跑出來找你大半個月了，這段時間，附近的山頭都快讓我轉遍了。剛才你吹哨子的時候，我正好在附近，就找過來了，不然你以為我會飛啊？」小黑鬍子滿臉委屈，差點哭出聲了。

我連忙安慰他，但是又有些不甘心。現在被他這麼一說，我一直引以為豪的奇遇就這麼泡湯了，我心裏當然不舒服。

「那你剛才拉著我，怎麼跑得那麼快？」我又問道。

「你不是說了嗎？喝了那酒之後，就跑得很快了。我喝得可比你多，你說我跑起來能不快嗎？」小黑鬍子反問道。

我徹底洩氣了，不由得有些失落，於是快快地在草地上躺了下來，說道：「原來如此，真沒意思。」

「哼，你腦子有問題才這麼想，我告訴你，那山上就算有什麼人參何首烏也成不了精，早就被那兩個老東西挖光了！」小黑鬍子說道。

我們兩個曬著月亮，都不出聲了，氣氛有些冷場。因為小黑鬍子的身分太平常了，我有些失望。小黑鬍子也因為我對他的無厘頭猜測，心裏有些疙瘩。

「算了，我還是走吧，我都跑出來好幾天了，估計兩個老傢伙要氣瘋了。」小黑鬍子站起身。

「你幹嘛呢？真生氣啦？」我連忙拉住他。

「我留下來還有什麼意思？我又不是何首烏精。」小黑鬍子撇嘴說道。

「行了，你就別那麼小氣了，咱們不說這個了，說點別的行不？」我打斷他的話頭。

「那你要說什麼？」小黑鬍子重新坐了下來。

「你找我幹嘛？」我問他。

「廢話，我們可是有約定的，你上學了，要教我寫字的，我憑什麼不找你？」小黑鬍子有些生氣，皺眉問我，「那你吹哨子找我，是為了什麼？這麼久都沒找我，現在才找我，應該不是良心發現了吧？是有別的事情對不對？」

「這個事情你倒是冤枉我了，我還真是良心發現了。上山之後，事情太多了，一直沒能想起來，剛才和姥爺說起以前的事情，才猛然想起的。我那麼久沒有找你，真不是故意的。」我連忙解釋道。

「行了，不說了，那你準備怎麼辦？咱們的約定還算數不？」小黑鬍子問我。

「當然算數，你放心，明天我就開始教你寫字。我告訴你，青絲仙瀑布旁邊有一個好地方，最適合我們看書寫字，你來，我教你。」我訕笑道，「對了，我忘記你也是正常人了，你沒地方住。要不，你跟我回去，和姥爺一起住吧。實在不行，你跟我一塊兒上學得了。」

「我不去上學，不然還不被別人笑死，你以為我沒去過啊。」小黑鬍子皺眉道，「還是你教我吧，你白天上學去了，我就在家裏溫習功課。不過，這個事情得你姥爺同意才行。」

「放心，姥爺眼睛看不到了，行動不方便，有人在家裏照看他才好呢，我倒是覺得，你要想辦法和那兩個老人家說一聲才行，不然的話，他們找過來，還以為我們扣留你呢。搞不好和我們打起來，他們道法高超，姥爺要是吃了虧，我找你算賬。」我把心裏的擔憂說了。

小黑鬍子點頭道：「也對，好，我今晚就連夜趕回去，和他們說一聲，他們要是敢攔我，我就放火燒他們房子。」

「你這麼大膽？」我被他說樂了。

「那當然，憑什麼不讓我讀書，他們害我害得還不夠慘啊，我才不要他們管我呢。」小黑鬍子憤憤地說。

「你跟他們到底是什麼關係？」我有些奇怪地問道。

「誰知道啊，他們說我是他們從路邊撿來的，看我骨骼和悟性都不錯，就養著我，教我道法什麼的，結果把我弄成這個樣子，差點沒被他們氣死。」小黑鬍子滿心怨念。

「好吧，那就這麼說定了，不過，你半夜趕路回去，一個人怕不怕？沒事吧？」我有些擔心地問道。

「放心，我是高人，你以為呢？」小黑鬍子站起身，伸了個懶腰，「行了，不和你廢話了，趁著月亮還好，我趕緊回去，正好也涼快。你也回去吧，大概就過兩三天時間，我就回來找你。」

「嗯，好。」我也站起身，準備送送他，這時心裏不由得又想起了一個事情，就對他說道：「那個酒，是不是真的可以增加人的元氣？」

「這個應該還是有一點作用的，幹嘛，你還想喝？」小黑鬍子問道。

「不是，我可不想長鬍子。」我訕笑了一下，「是因為我姥爺病了，我想弄點那種酒給姥爺喝，讓他補補身體，你能不能幫我弄一點兒來？」

「嗯，不錯啊，一片孝心啊，大同，乖孫子。」小黑鬍子滿臉邪笑地摸摸我的頭。

「滾蛋，你才是孫子，少占我便宜，你給我說正經的，到底能不能弄到？」我拍開他的手問道。

「這個你放心，我回來就給你帶一瓶，算是我的學費。不過，那兩個老傢伙把那酒看得跟命根子似的，一刻也不離手，睡覺都抱在懷裏，所以，要是想弄到酒的話，估計又得耽擱一點時間。我要是光明正大地問他們要，他們會給才怪，只能趁他們睡死了，偷一點兒。」小黑鬍子皺著眉頭說道。

「行吧，不管怎麼樣，反正你能弄到，我就謝謝你。」我說道。

「行，那我先走了，你也回吧。」小黑鬍子對我擺擺手，轉身鑽進樹林，穿山越嶺去了。

我目送著小黑鬍子走了，這才折了一根樹枝，一路晃著往回走，路過青絲仙旁邊的山頭時，特地拐過去偷偷看了一下，發現鐵子和那個女人都不見了，估計是已經回去了。

不過，讓我感到奇怪的是，我路過他們剛才坐過的那片草坪時，卻嗅到一股淡淡的清香。那種清香和我在青石上嗅到的香氣極為相似，我不禁一怔，似乎明白了什麼了。

一個星期之後，小黑鬍子才回來找我。我帶著他見姥爺，把他的事情說了，姥爺很樂意他留下來。

小黑鬍子帶了酒回來，我偷偷給姥爺喝了。姥爺喝了之後，精神好了很多，心氣也平和了不少。

就這樣，小黑鬍子住了下來。不上學的時候，我就教他讀書寫字。他學得很快，腦子比我還好使。這傢伙也很快就迷上了看書，把我的小字典都搶走了，我只得又重新買了一本。

姥爺還在教我活計，我也很認真地學著。

山中無日月，一晃七年過去了……

我十五歲了，上初中了，品學兼優。

小黑鬍子一直在山上住著，他比我大一歲，現在已經完全變成了成年人的模樣，肩寬背厚，滿臉黑乎乎的毛鬍子，說話粗聲粗氣的，我對他的稱呼也換成了「鬍子」或者「黑子」。

他脾氣好，不管我怎麼喊他，他都不生氣。不知道情況的人，還以為我們是弟兄倆。鬍子聽人家這麼說，乾脆給自己起了個名字叫方大。他說，你是小，我就是大，我是你哥。

他逢人就搶著自我介紹道：「你好，我是方大，這是我弟弟，方曉。」把我氣得鼻子都歪了。

這些年來，我的生活平靜而充實，也很輕鬆愉快。基本沒有什麼憂慮，除了那一件事。

姥爺的病，越來越重了，喝再多的仙酒也不頂事了。這七年來，每個月圓之夜，姥爺都會發病。他每次發病的時候，我和騒子就站在床邊守著，眼見著姥爺突然大叫一聲，嘴巴大張，兩眼翻白，接著全身綳緊，兩腿伸直，雙手直豎起來，再接著全身滲出一個個血泡，咕嘟嘟的把全身都包裹起來。

這兩年，因為這個病，姥爺瘦得皮包骨頭，兩眼深陷，走路都顫顫巍巍的。

每個月目睹姥爺發病時，是我和騒子最痛苦的時刻。因為這個事情，我們都變得有些神經質，經常是正在歡笑著，突然就靜了下來，皺起眉頭。

最近這段時間，姥爺的身體更加撐不住了，經常昏厥過去，要臥床好幾天才能起來。二子這段時間經常來探望姥爺，但是也只能跟著我們唉聲嘆氣。

這一天，我放學回來，發現小院裏站了好幾個穿著軍裝的士兵，騒子正在跟他們扯淡。

「騒子，怎麼啦？」我走上前問他。

鬍子拍手對那些士兵說：「好了，正主回來了，你們放心吧，只要我弟弟出馬，沒有解決不了的問題。」

我連忙把他拉到一邊，問道：「你賣什麼狗皮膏藥呢？再說了，誰是你弟弟？」

「嘿嘿，他們是來找高人驅鬼的。」鬍子嘿嘿笑道。

「驅鬼？驅什麼鬼？他們是什麼人，怎麼知道我們在這裏的？」我有些警惕地看著那些人問道。

「他們就是山上的啊，他們的領導都來了，正在裏面和老人家說話呢。聽說最近後山上開山採石，挖出了一個大洞來，裏面陰森森的，有好幾個士兵進去之後就沒再出來。他們派了一個連隊下去找，才發現那個洞連著山裏的防空洞。防空洞裏的路錯綜複雜，結果連隊陷到裏面去了，然後就遇到了怪事。」

「什麼怪事？」我問道。

「整個連隊的人都瘋癲了，拿著槍亂掃，幸好他們的槍裏只有一發真子彈，其餘是空包彈，但是受傷的人不少。」鬍子指了指靠牆站著的一個瘦高、吊著手腕的士兵，「看到沒有，那個人的傷就是當時打出來的。」

「後來呢？」我皺眉問道。

「聽說有一個兵特別厲害，一直很清醒，跑出來通報了大部隊，然後派了幾百個人進去，才把那個連隊救出來，但是已經死了好幾個人，而且那些人被救出來之後，一直說胡話，說是在裏面看到有人在向他們開槍，他們才還擊的，你說怪不怪？」鬍子攬著我的肩膀問道。

「先前失蹤的幾個士兵呢？」我問道。

「找回來兩個，還有三個沒找到，都是先前通風報信的那個兵找回來的，他孤身一人鑽進去，把那兩個小兵都找出來了，不過，找到他們的時候，那兩個士兵已經嚇傻了，話都不會說了，兩眼發直，全身發抖。」鬍子皺眉道，「那個兵就跟他們領導說，這個山洞裏不乾淨，讓部隊不要再進去了，最好先找懂行的人，把裏面清理乾淨了，不然的話，肯定還要出事。他們領導就直接找到咱們這兒了，也不知道是誰告訴他們的。」

鬍子的話剛說完，就聽到屋子裏姥爺喊道：「你們兩個，進來。」

我們一起走進屋子，姥爺正顫巍巍地端著旱煙袋，坐在桌邊抽著煙，對面坐著一個一身戎裝的、白髮蒼蒼的老頭子。

那老頭子至少有七十歲年紀了，頭髮雪白，但是眉毛卻還是很黑，他的面相很剛健，身板硬朗，依稀可見當年的威風。

等走近了，老頭子轉過臉來，我才發現，他正是以前見過的在我們上邊的院子裏住的那個老人。

「盧爺爺，您怎麼來了？」我連忙問候道。

「哈哈，方曉啊，轉眼都長這麼大啦，來來，到爺爺這邊坐。我看看，哎呀，這娃長得周正啊，不錯不錯。沒想到啊，你這小娃子還是個高人啊。」

老頭子拉著我的手，問姥爺道：「老先生，你看，我和您孫子以前還認識的，這就說明咱們有緣啊，這個忙，您得幫啊。」

「呵呵，您放心吧，我這就和他們合計合計。合計好了，馬上就去找你們，您看怎麼樣？」姥爺說道。

「好，那就這麼說定啦，不過，老先生，你們要快點啊，還有三個孩子在裏面生死不明呢。」老頭子的聲音有些沙啞，可以聽得出來他真的很著急。

「嗯，好，您放心，我們收拾一下，馬上就來，不保證一定能行，但是可以試一下。」姥爺沒有把話說滿。

「好，那我就放心了，我先回去幫你們安排。」老頭子說完，帶著手下的人離開了。

「你們兩個，坐下吧。」姥爺有些氣喘地對我們說道，「知道這次是什麼情況嗎？」

「什麼情況？」我和鬍子都好奇地問。

「陰兵煞。」姥爺咂咂嘴道。

「什麼叫陰兵煞？」鬍子很好奇。

「那些東西死前都是當兵的，生前戾氣很重，死後煞氣更凶，很多更是有三分英魂氣，發起來可不是鬧著玩的。咳咳——」姥爺咳嗽了幾聲，有些虛弱地說，「這個事情，他們不來找我，我也是早晚都要去碰的，算是我最後帶你們見識一回吧。除了這一次，恐怕我再也不能親力親為了。」

姥爺無奈地長嘆了一口氣。我和鬍子對望了一眼，不由得滿臉悲戚。

這時，二子從外面走了進來。他這些年也歷練出來了，老成世故了許多，儼然是林士學的左膀右臂。

「老人家，今天精神不錯嘛，比上回好很多了。」二子一邊把手裏拎著的水果放到桌上，一邊對姥爺說道。

「咦，你今天怎麼來了？」姥爺有些意外。

「嗨，我表哥讓我來看看你們，順便還想請小師父走一趟，有個事情要麻煩你們一下。」二子坐下來，點了一根菸。

「什麼事情？」姥爺皺眉問道。

「嗯，表哥這回又要高升了，要到省裏去當副廳長，這不正準備去上任嘛，那個起靈堂的事情，得找個懂行的人一路跟著，照看一下不是？所以，表哥就想請小師父過去。而且，表哥最近有一樁煩心事，需要商量一下。」

二子滿臉堆笑地看了我一眼，「喂，小帥哥，長得蠻高了嘛，你跟我去市裡，我給你介紹個小妹子要不要？」

「不要，你自己留著吧。」我這會兒正因為姥爺的事情傷心，沒心情跟二子耍笑。

「二子，起靈堂的事情，大同可以去的。不過，這個事情可能要緩一緩，現在我們手頭有一件急事要辦，我想等這件事情辦完了，再讓大同跟你去，你看行不？」姥爺說道。

「啥事這麼著急？對了，我表哥的意思，準備趁這次搬家，讓你們也一起跟去省裏，到了那邊，一來讓小師父讀書見大世面，二來有更好的醫院和醫生給您治病。這趟過去，因為行李太多，又要秘密安排靈堂的事情，就不驚動你們了，準備下趟來了，再讓你們一起過去呢。」二子連忙說道。

姥爺點點頭道：「這也好，讓大同和小黑出去見見世面是好的，不過，給我治病的事情就不用費心了。再看也是浪費錢，我自己的病，我心裏有數。」

二子岔開話題道：「老人家，到底啥事這麼急著辦，你還沒說呢？」

「這事讓大同給你說吧。」姥爺叫了我一聲。

我就把先前盧爺爺來求我們辦事的情況說了。

二子面色有些凝重，說道：

「現在是和平年代，雖然沒馬放南山，刀槍入庫，但是也差不多了，現在部隊最怕就是出現一些非戰鬥減員，而且如果還是不明不白死的，估計上頭要一把火燒個半邊天，說不定那老將軍真能因為這個事情晚節不保。我看這事確實需要急著辦，也罷，既然他們求到你們頭上，你們就去幫他們一遭吧，我先回去和表哥說一聲。」

二子站起身往外走，「我這就回去了，你們辦完事了，就給我掛個電話。」

第三十九章

魑魅魍魎

我的心情剛放鬆沒一會兒，
猛然覺得右手邊的一個洞口裏有什麼東西晃了一下。
我把打鬼棒握在手裏，躡手躡腳地走到洞口，
拿手電筒往裏面照，整個石室裏空空蕩蕩的，什麼也沒有。

待到二子快要走出大門的時候，姥爺又把二子叫住了。

「還有啥事？」二子滿心疑惑地跑回來。

「你說林士學還有一件事情要商量，是什麼事情？」姥爺捋著鬍鬚問道。

「這個——」二子有些扭捏，支吾了半天，也沒說出個究竟。

「你大膽說，知道多少說多少，反正我們也就是聽聽，這會兒先知道了，我們也思考一下，回頭跟他商量時才有主意，不然的話，事到臨頭，我們不一定能拿出個最合適的主意。」姥爺很認真地說道。

二子有些尷尬地撓撓頭，紅著臉坐下來，訕笑道：

「是這麼回事，表哥上次去京城開會，認識了一位老領導，談得很投緣。老領導看我表哥一表人才，還沒有成家，喜歡得不得了，就叫表哥去他家吃飯。老領導家裏有一個女兒，也覺得表哥人不錯，兩人談了半天，回來之後經常打電話聯繫。這個，我表哥這心裏就有點鬆動，老人家，你也知道，我表哥年紀也不小了，不管怎麼說，他身居高位，總得有個賢內助不是，所以吧，我覺得其實這事，不能怪他——」

「嗯，這個事情倒是沒什麼不好的，陰福有了，陽運也要借，雙管齊下才穩當。」姥爺點頭道。

「這麼說來，您老不反對這個事情了？您老覺得可行？」聽到姥爺的話，二子有些喜出望外。

「嗯，不過嘛，這個事情也不是我不反對就可以算數的，最重要的，還得看天意啊。」姥爺皺眉沉吟起來。

「天意，這怎麼說？」二子好奇地問道。

「這麼說吧，現在你表哥事業能這麼順利，主要呢，是因為他家裏有這麼一個陰福給他保駕護航。所以說，這個陰福是你表哥這一生運程的根基所在，是最重要的，絕對不能毀了。現在再要借陽運，就必須滿足一個條件。」姥爺頓了一下，「其實應該是兩個條件。」

「啥條件？」二子急切地問道。

「這個事情，首先得陰家同意才行。可以讓你表哥去問問她的心意，和她商量。要是她的心不毒，願意放他一點自由，就會同意。這樣的話，這個事情就成功了一半。」姥爺又抽了一口煙，「實在不行的話，我們還可以出面去和她商量，這倒是沒有多難。」

「那另外一個條件是什麼？」二子問道。

「另外一半，就是京城的家裏也能夠接受這個情況。首先，他要娶的那個女的得能夠接受，而且能夠委屈自己，認現在家裏那位當大的，能一直勤勤勉勉的，不當堂惡罵，不背後詛咒，能以平和心相待。如果那個女的真的很喜歡你表哥，她應該可以接受這個現實，幫著繼續隱瞞下來，不對外宣揚。要是有了孩子，得帶過去認乾娘，把名字寄下。這另外一半不是我們能掌握的，所以說，還得看天意啊，萬一人家壓根兒就沒法接受這個事情，我看早晚得破局了。」

姥爺磕了磕煙斗，「這些話，你回去轉告給你表哥，讓他找機會探探兩方面的口風，早作準備總是好的。」

「嗯，我會轉告的，還有沒有其他需要注意的事情？」二子看著姥爺問道。

「大概沒有了，你去忙吧，辛苦你了。」姥爺淡淡地對二子說道。

「好，那我先回去了。」二子起身準備要走，突然一拍腦袋，似乎又想起了什麼事情，從口袋裏掏出一個東西，遞給我道：「這個是我表哥收拾老宅子的時候發現的，知道這個是小師父的東西，就讓我順道帶過來了。」

我一看，赫然發現他手上拿著的，正是我丟失了很久的歡喜傀。

二子走後，我捧著歡喜傀看了半天，喜不自禁。

鬍子很好奇地問我：「這是什麼？一個小玩偶把你高興成這樣，你多大了？」

我沒有怪他，這傢伙這些年來雖說也跟著姥爺學了一些活計，但是那些壓箱底的寶貝法器，從不曾拿給他看過，所以他不認識這個歡喜傀。

「大同，把歡喜傀收起來吧，這套傀儡是最厲害的控鬼法器，操作方法都傳給你了，以後怎麼應用，就看你自己的際遇了。不過，要記住一點，絕對不可用到歪門邪道上，不然的話，就算我不在了，在地下也饒不了你。」姥爺很嚴肅地對我說道。

「姥爺，你放心吧，我不會亂來的。」我打開姥爺的寶貝箱子，把歡喜傀放了回去。

「好了，咱們收拾一下，可以出發了。」姥爺讓我和鬍子一起收拾東西。

我和鬍子把要帶著的法器收進了三個包裹，一人背了一個。姥爺把最重要的東西——陽魂尺，別在腰上。我則帶著陰魂尺和打鬼棒。鬍子扛了一根一米多長的很粗的桃木擀麵杖，那是姥爺給他量身定做的。這傢伙力氣太大，如果棍子太細了，到他手裏沒幾下就「嘎崩」一下斷了。

法器準備妥當之後，我們帶上了水和乾糧，向後山出發。我扶著姥爺，鬍子在前面領路，走到山頂上。

此時正是傍晚太陽快落山時，西邊天空有一大片染紅了的晚霞，紅光籠罩著山頭，連人臉都被映得紅彤彤的。山頂上沒有多少土，多是突兀嶙峋的黑色山石，山石縫隙裏盤著很多遒勁的老松。

站在山頂往山後俯瞰下去，可以看到山坡上一大片深淺不一的綠濤，再往下面一點，挨近山腳下的一處平地上，駐紮著一片部隊的營地。

「是那裏吧？」鬍子伸手指著營地問我。

「嗯，他們師部就在靠山這邊的那棟大樓裏，我們直接過去就行了。」

我扶著姥爺，和鬍子沿著彎曲的山路下山。

還沒到山下，中途就被人攔住了。攔住我們的是兩個士兵，說是奉命在這兒等著，讓我們來了之後，直接到現場去。

兩個士兵一個幫我扶著姥爺，一個在前面領路，往側面走了大約兩三里路，就來到後山腰上一處地勢較為平坦、巨石嶙峋、古木參天的地方。樹林當中，列隊站著很多士兵。

「還有沒有自告奮勇要進去的？」一個中年軍人站在隊伍前面問道。

盧爺爺站在後面的一個高臺上，一邊抽著菸，一邊不時皺眉抬頭看著遠處。等到我們走近了，他一下子從臺上跳下來，滿臉笑容地過來，一把握住姥爺的手，連聲道：

「老人家，您可來了，這個洞口就是三天前部隊炸開的。」

他指了指山腳下一片白色的碎石堆裏一個黑乎乎的大洞。

我抬眼看了看大洞，說道：「姥爺，這洞口很大，進去應該沒問題，山體也是石頭的，不會塌。」

姥爺點點頭道：「老首長啊，您放心吧，我們會盡力而為的。」

「嗯，好，好。」盧爺爺點點頭，又問道，「那你們需不需要什麼東西？我都可以特例批給你們。」

「不需要，這洞裏又沒有什麼野獸。可以的話，給兩個孩子帶一點行軍裝備吧。他們年輕有力氣，負重多一點沒事。最緊要的，就是照明設備要準備齊全了，進去之後，到底會發生什麼事情，誰也說不準。」姥爺沉吟道。

「好，那你們跟我來，我已經給你們準備好了，你們儘管自己挑選。」老將軍說著話，帶著我們來到一大堆軍用物品前。

我看了一下那堆東西，發現東西挺齊全的，把情況給姥爺說了。姥爺說道：「你們兩個，一人一個水壺、兩把手電筒、一把工兵鏟，換上軍裝軍靴，鋼盔也戴著，趕緊換，換好咱們就出發。」

我和鬍子聽了，開始忙活著換衣服。

我有些擔憂地問姥爺：「我們換了，您怎麼辦？」

「我不用，我要是出事了，就是你們兩個小子沒用，這些東西反而是我的累贅。」姥爺悠悠地說。

我和鬍子不由得都面色凝重，心裏隱隱憋了一股勁，不想讓姥爺失望。

「老人家，您看，要不要我再派幾個幹練的人，跟你們一起進去，要是萬一有什麼事情，也可以照應一下。」盧爺爺走過來問姥爺。

姥爺皺眉道：「不必了，不懂行的人，進去反而添亂。」

「老人家，雖然您這麼說，為了以防萬一，我還是推薦一個人跟你們一起進去。您放心，這個人絕對不會給你們添亂的，他也懂行，就是他孤身出來通報了情況，又進洞救出兩個失蹤的戰友的。」

盧爺爺滿臉神秘的笑容，對遠處招了招手。

這時候，從遠處走來一個身材高大、肩寬背厚、黑臉皮、三分頭、粗眉毛、很有幾分英氣的士兵。士兵額頭上暴著青筋，雙目炯炯，非常精神。

「首長好！」士兵走到近前，一併腳，行了一個標準的軍禮。

「小趙啊，這三位就是我請來的高人，等下他們要進去探路，你跟著進去，有什麼事情照應一下，能辦到嗎？」

「保證完成任務！」那個士兵一個軍禮完畢，用標準的跑步動作，到了遠處一棵大樹下面，開始收拾自己的裝備，不多時就收拾完畢，又過來報到了。

這時再看他，簡直是武裝到了牙齒。他頭上鋼盔，身後背包，腰上一邊挎著水壺，一邊挎著鼓鼓的迷彩包，都用武裝帶勒著，胸口帶子交叉的地方還紮著一條草綠毛巾，腳上穿的是一雙已經半舊的深筒軍靴，擦得很乾淨。背包上面交叉著插了一把工兵鏟和一把撬棍，手裏抱著一把上了刺刀的木托步槍，後腰的武裝帶上吊著手槍套。而他小腿肚的外側，各用牛皮帶紮了兩把匕首。

我和鬍子都愣了一下，接著不由得有些尷尬，心裏都在想：怎麼同樣的東西，人家穿到身上就那麼像模像樣，我們怎麼就鬆鬆垮垮的呢？

這個士兵把槍遞給旁邊一個士兵拿著，朝我們走了過來。他過來之後，也不說話，掰著我們，就像晃蕩稻草人一般，托手托腳，把我們全身的裝備都整理結實了，這才拍拍手道：

「你們兩個，叫什麼名字？」

「我叫方大，他叫方曉，我是他哥。」鬍子不改平時的老毛病，搶著自我介紹，我也沒有和他一般見識。

「好，方大，方曉，從現在起，你們就是我偵查一班的隊員了，我是你們的班長，我姓趙，你們可以叫我趙班長。等下進洞之後，一切行動都要聽從我的指揮，你們明白了嗎？」那個士兵看著我們，滿臉嚴肅地說道。

我和鬍子不由得愣了一下，對望了一眼，一齊笑了出來，然後滿臉不屑地看著那個士兵。

那個士兵知道我們根本就不服他，不由得眉頭一皺，臉一沉道：

「你們兩個，立正站好！」

「你以為我們是你的手下？」鬍子撇著嘴，很不屑地說道。

「你們兩個小子找揍是不是？」那個士兵上來就要動手打鬍子。

鬍子冷笑一聲，斜眼看著他，齜牙道：「嘿嘿，你還別說，我還真想看看到底是誰找揍，信不信老子一隻手就撂倒你？」

「你娘的，老子還沒罵娘呢，你先罵上了。看來今天不讓你們吃吃癟，是不知道厲害了。你，跟我過來，我們試試手！」

那個士兵一指鬍子，轉身走到一片開闊的平地上，冷臉等著鬍子。

鬍子冷笑一聲，提著擀麵杖就過去了，兩個人面對面站著，眼看就要動手了。

這時候，那些列隊站著的士兵可都看樂了，一片吆喝叫好聲。

「趙班長，加油啊，別給咱們丟臉！」

「小子，好樣的，可要撐住啊，是高人，就好好露兩手！」

我看著這群唯恐天下不亂，只等著看熱鬧的傢伙，心裏真的既好笑又無奈。姥爺早就聽到鬍子和那個士兵的動靜了，但是他端著煙袋，蹲在地上抽著，一句話都沒說，分明也是想看看那個士兵的深淺。

我轉頭看看盧爺爺，卻發現他居然背轉身說話去了，好像壓根兒沒看見一樣。我心說這還了得？還沒開始幹活呢，自己人就在石洞口掐起來了。

我跑到盧爺爺身邊，說道：「盧爺爺，你說給我們推薦一個幫手，現在這算怎麼回事？上來就要當老大，非要我們聽他的，比鬼都難纏，這不是給我們添亂嗎？你要是再不管這事，我們可就要走了，他懂行，就讓他幫你們唄。」

盧爺爺臉上有些掛不住，轉身就往場中走，一邊走一邊喝聲道：

「你兩個都給我住手。小趙，你過來，給我說清楚，到底是怎麼回事？」

「報告首長，我正在執行任務！」那個士兵連忙報告情況。

「你執行什麼任務？我讓你跟他們一起進洞去，你這是幹什麼？」盧爺爺有些無奈地問道。

「報告首長，他們兩個穿了軍裝就是兵了，我是他們的班長，他們要服從命令，聽從安排，我正在教他們怎麼當兵。」

那個士兵全身像一塊鐵板一樣，直挺挺地站著，講話幾乎就是喊出來的。

盧爺爺皺了皺眉道：「人家是我們請來的客人，不是兵。」

「報告首長，他們兩個必須聽我的話，不然出了事我不管。」那個士兵看來是個拗貨，說話一點都不鬆口。

盧爺爺背著手，含笑沉吟了一會兒，轉身看著姥爺，問道：「老人家，你看這事怎麼辦？要不，還是你們爺孫仨進去吧，讓你們看笑話了，呵呵。」

姥爺自然知道這是把球踢給他，擺擺手道：「不妨事，年輕人鬥氣，這是很正常的事情，就算動手試試深淺也沒有關係，只要不弄傷就行了，大家點到為止。」

「哎呀，老人家，我怎麼覺得你倒是很想讓他們兩個真的打一架呢？」盧爺爺低聲道，「我看算了吧，我就不讓他摻和這件事情了，行不？」

「不。」姥爺捋鬍沉吟道，「這個去處不是一般人能夠架得住的，多一個人多一個力量。你派給我的這個兵，倒是個很好的幫手。從他開始說話，我就在仔細聽了，這小子二門沒開，鬼神不吃，最合適今天這個事情，所以，我已經打定主意讓他跟我們一起進去了。不過嘛，就因為他性子太憨，所以，這一架還真得打一打，而且得分出個勝負才行，不然的話，就算強行把他們捏到一塊兒，他們互相不服氣，最後還是要鬧出事情的。」

「嗨，老人家，好了，這事我做主，您等著，我給他們當裁判去。」盧爺爺說完，滿臉歡喜的神情，轉身把那個士兵和鬍子叫到面前說道：「負重不用卸，身上的銳器都取出來，三分鐘時間，隨你們怎麼鬥，只要不使陰招狠招就行，到了時間我喊停，誰贏了就是偵查一班的班長。怎麼樣，都同意不？」

「同意！」那個士兵直著嗓子喊完，立刻就把身上的槍械和匕首都卸下來了。

「老爺子，我可不是你們部隊的人，我不當什麼班長，不過這小子挺氣人的，我要是贏了，你讓他認我當老大，聽我的話就行。」鬍子把身上的利器都卸下了，擀麵杖也丟到地上。

「行啊，只要你贏了，我就給他下命令。」盧爺爺看著鬍子，瞇眼笑著，滿口答應了他的話。

鬍子滿心歡喜，轉身一邊往場中走，一邊對我招手嬉笑道：「過來看哥哥表演。」

我見鬍子這傢伙漫不經心的，就湊過去，低聲警告道：「你小心了，姥爺說這傢伙二門沒開，就是個憨子，你手下留情，別欺負傻子取樂，壓壓他的性子，讓他服管束就行了。」

「放心吧，我心裏有數。」鬍子來到場中站好。

「計時開始，上！」盧爺爺一揮手，比試開始了。

鬍子二話不說，一閃身就來到那個士兵面前，抬手一拳往那個士兵的眼窩子打過去，顯然是想給那個士兵臉上留點顏色，讓他記取教訓。

鬍子可是喝過仙酒、練過道法的，不但身手不凡，而且力量、速度都是一等一厲害，說實話，我都不敢和他動手，生怕這混蛋跟我使壞，搞得我難看。

我一看鬍子上手就來了一個狠招，有些看不下去，連忙低了頭，準備等著那個士兵的哀號聲傳來。沒想到，我低頭等了好幾秒鐘，愣是沒有聲音傳來，不但沒有，而且場中的吆喝聲、腳步聲還踩踏開了，兩個人真的交上手了。

還有人能跟鬍子打持久戰的？我不由得滿心好奇，抬眼一看，這才發現鬍子跟那個士兵已經近身相接，互相擒拿勾絆、拳來拳往了。

那個士兵的力氣、速度、招式，居然一點都不輸給鬍子，那個士兵的力氣可能不如鬍子大，但是居然也借力打力，把鬍子的蠻力都一一化解了。

「嗨，有幾下子啊！」鬍子打了半天，愣是沒能搞定那個士兵，不由得動了真氣，跳身拉開距離，一邊圍著那個士兵轉，一邊捲袖子罵道。

「來嘛，來，來。」那個士兵微微彎腰，全心防備著，對鬍子招手挑釁。

「嗨，他娘的，我還真就不信了！」鬍子氣得兩眼冒火，直戳戳地走上前，伸手就去抓那個士兵的手腕，卻不曾想那個士兵早就察覺了他的意圖，手一縮，居然反手把他的手腕抓住了。

我不由得為鬍子捏了一把汗，心說這傢伙不會栽了吧，真要是那樣的話，咱們可就太丟人了。自詡什麼高人，結果讓人家給撂倒了，沒見過這麼丟臉的。

只見鬍子另外一隻手跟了上去，一把抓住了那個士兵的手腕，而那個士兵另一隻手也同樣跟上，把鬍子這隻手抓住了。這麼一來，他們四隻手抓到一起，開始較起勁來。

「嘿，你就給我趴下吧，跟老子較勁！」鬍子咬牙瞠目，雙臂發力，想把那個士兵甩出去。

那個士兵也不說話，憋黑了臉，額頭冒汗，沉腰紮馬，雙手死抓著不放，任憑鬍子甩來甩去，他這邊跳那邊跳，愣是沒有被甩出去。

「他娘的，老子還不信了！」鬍子見那個士兵像牛皮糖一樣黏著自己，動了真怒，大吼一聲，身體傾斜著後仰，拼命地轉圈，把那個士兵像螺旋槳一樣旋轉起來。

那個士兵撐不住了，手一滑，倒飛出去，趴到地上，鬍子也因為用力過猛，向後猛退了好幾步，一屁股坐到了地上。兩個人立刻翻身從地上爬起來，一咬牙又往一塊兒衝，你一拳我一掌，「劈里啪啦」打起來，打得地上塵土亂飛。

「好！好！」旁邊那些士兵都看得呆了，一個個扯著脖子叫喊，比他們自己打架還來勁。

見到這個情況，我心裏一陣無奈，也不去管他們了，走到姥爺旁邊，問他能堅持住不，實在不行的話，他就在外面歇著，我們三個進去好了。

姥爺知道我擔心他，搖搖頭道：「不礙事，這一趟還能堅持。這裏面有的是門道，我不跟你們一起去，不放心。」

我見姥爺這麼說，也不再堅持，抬頭看鬍子和那個士兵，發現兩個人都已經打得臉上開花了，鬍子臉皮擦破了一塊，那個士兵更慘，嘴唇都腫起來了。

兩個人都是爭強好勝的心性，這下愈發來氣了，拳腳一下比一下重，恨不得一下子把對方按在地上狠揍。

就在他們正在興頭上的時候，盧爺爺很煞風景地斷喝一聲：

「時間到，停！」

兩個人愣了一下，這才想起來有時間限制，只好都有些恨恨地甩了甩袖子，吐了口唾沫，來到盧爺爺面前。

「老爺子，來個加時賽，我馬上就把這傢伙放倒。」鬍子吸著鼻子，很大聲地說道。

「報告首長，比試結束，請您下命令！」那個士兵腫著嘴皮，也是滿臉不服氣。

「行啦，你們倆都過來。」盧爺爺把他們帶到姥爺面前，說道：「老人家，你看我這個兵還能用不？」

「能用，留下吧，我帶著他，你放心好了。」姥爺雖然看不見，但是聽得清楚，早就知道那個士兵的實力了。

「好。」盧爺爺轉身對那個士兵說道：「趙山聽令！」

「是！」那個士兵連忙立正聽命。

「現在我命令你即刻加入偵查連外編一班，與老人家和兩位小夥子，一起進入山洞執行偵查任務。你在行動中，一切聽從指揮，服從安排，明白了嗎？」盧爺爺對叫趙山的士兵說道。

「是，保證服從命令！」趙山接了命令，接著有些疑惑地看著盧爺爺問道：「首長，到底誰是班長啊？」

「這位老人家就是你的班長，不對，是你的首長！你進去之後，要是敢不聽他的話，出來之後，我直接槍斃你！」盧爺爺眼瞪著那個士兵。

「是，保證服從命令！」那小兵聽到他這麼說，竟然也欣然接受了，想必，只要不是鬍子當班長，他都是願意的。

我們重新收拾好裝備，又檢查了一番，就出發了。

姥爺是這次行動的總指揮，我、鬍子和趙山都是姥爺的手下。我扶著姥爺在後面走，趙山和鬍子一人一把手電筒在前面照亮。

山洞最前面的一段路是炸開的，四壁都是尖角突出的石頭，地上也都是碎石，充斥著火藥味。

沒走出多遠，就察覺到裏面有一陣陰風吹過來，吹得身上涼颼颼的，接著就走進一段高約五米、寬度也有四五米、四面都是齊整石壁的長條石洞裏了。

進了石洞，我發現石洞沒頭沒尾，不知道有多深，心裏就起了嘀咕，說道：「這個防空洞怎麼這麼大？」

「這裏以前是軍事重地，很多重型裝備都藏在這裏，這個坑道是按照能走坦克、能過卡車的要求設計的。」趙山說明了一句。

「往右走。」姥爺側耳傾聽了一會兒，對我們說道。

於是我們就往右走，一路向前，大約走了七八十米，發現那山洞開始拐彎了，然後地勢一路向下傾斜，地面也變得有些潮濕，洞壁上偶爾還在滴水，有的地方，甚至生了好大的一片苔蘚。

又往前走了大約五十米，地形開始複雜起來。通道兩邊陸陸續續出現了一些黑乎乎的洞門。那些洞門大約有大半米寬、一人高，估計是戰時用來存放東西的，或者是休息用的石室。

姥爺一路一直微微側耳聽著，沒有讓我們停下。

我們來到一個岔道口，主幹道一分為二，一個向上，一個向前繼續延伸出去。

「這兒再往前，就是先前出事的地方了。你們小心一點。」趙山說了一句，就自顧自地往前走了。

姥爺沉吟了一下，讓我們繼續前進，同時讓我注意看四周有什麼異常情況，記得及時告訴他。

鬍子因為不想輸給那個士兵，早就快步搶到他前面了。

我抬頭看著這兩個傢伙走得遠了，手電筒的燈光都有些看不清了，心裏不由得暗罵了一陣，自己拿出手電筒來，扶著姥爺繼續走。

「姥爺，這個通道旁邊有很多洞口，我們要不要進去查看一下？」我問道。

「不用。」姥爺搖搖頭，「這段路上的每個犄角旮旯，他們以前肯定早就搜查過了。」

我覺得很有道理，心情就有些放鬆了下來，沒太去注意兩邊那些黑乎乎的洞口。

可是，我的心情剛放鬆沒一會兒，猛然覺得右手邊的一個洞口裏有什麼東西晃了一下。眼角捕捉到那個影子，我連忙扶著姥爺停了下來。

「怎麼了？」姥爺問道。

「右手那個洞口，剛才有東西晃了一下就沒影了。」我低聲對姥爺說道。

「你拿燈過去照著看看，小心點。」姥爺說道。

我把打鬼棒握在手裏，躡手躡腳地走到洞口，拿手電筒往裏面照，發現洞口後面是一間大約二十平方米的石室，石室牆角堆放了一堆朽木頭，還能看出來是壞掉的桌椅，除此之外，整個石室裏空空蕩蕩的，什麼也沒有。

我瞇著眼睛，把石室裏掃視了一番，沒有發現異常，不由得有些疑惑，心說，莫非是我看錯了？就在這時，我心裏一沉，猛然抬起手電筒往頭上照去。

這麼一照之下，赫然發現頭頂石壁上正有一雙眼睛在看著我。我再仔細一看，才發現原來石壁頂部中間有一個破燈罩，燈罩上面藏著一隻貓頭鷹，貓頭鷹此刻正伸著頭斜眼向下看著我。

貓頭鷹被我這麼一照，也躲不住了，「撲啦啦」扇著翅膀，先在石屋裏飛了一圈，攪得灰塵滿屋，接著就朝我直衝過來，想從我的頭上飛出去。

「小心了，鬼爪！」

第四十章

吸血的髮絲

那縷頭髮扭動著，髮梢伸到鬍子的腳下，
然後，就出現了讓我們愕然的一幕。
那髮梢在鬍子剛才滴下的血滴上面抖了抖，接著不停地晃動著，
不過幾秒鐘時間，竟然把地上的血跡吸收地一點都不剩了。

這時，姥爺的聲音突然從背後傳來，我一愣，還沒明白過來是怎麼回事，就覺得頭皮一陣火辣辣的疼。貓頭鷹逃走的時候，用尖利的爪子在我頭上順道抓了一把，把我頭皮上抓出了好幾道血淋淋的口子。

我吃了疼，不由得心裏一陣火大，也不去管頭上的疼痛，轉身猛地一跳，拿著打鬼棒就往貓頭鷹身上砸去。

誰知那鬼東西還挺靈活，扇著翅膀一個轉向，居然躲過了我的打鬼棒，接著就「撲啦啦」一陣急速扇翅，朝洞底飛去了。

「怎麼樣？」姥爺走過來問我。

「沒事，就是被抓了一下。」我下意識地抬手摸了摸頭頂，這才發現我頭上一直戴著鋼盔。

「咦！」摸到了鋼盔，我不由得一聲驚囈，詫異地說道：「我戴著鋼盔，牠怎麼抓到我的？」

我說著，把鋼盔解下來，又摸了摸頭頂，發現除了頭皮還隱隱有些疼之外，居然沒有傷口。

「姥爺，這是怎麼回事？」我一邊把鋼盔重新戴起來，一邊問道。

「那是鬼爪。」姥爺咂咂嘴，掏出旱煙袋，點了一袋煙，一邊抽著，一邊沉吟道：「沒想到一個陰靈都這麼凶戾，要是碰到主子，不知道是什麼情況。」

我這時也想起了以前姥爺給我講過的知識，據說，生活在陰氣積聚的洞穴裏的動物和植物，時間久了，會受到陰氣的影響，變得陰森凶戾，有些天生就是陰暗性子的，更會直接變成戾氣強橫的陰靈或陰物。

比如貓頭鷹，是只在夜間才出來活動的動物，本來就是一等一的陰暗性子，所以極其容易受到陰氣的侵襲，變成陰靈。一旦變成陰靈，貓頭鷹就陰氣十足，戾氣逼人，非常兇悍，如同鬼鳥一般，可以用叫聲攝人魂魄，以戾氣抓透鋼鐵。說白了，這就好比活人被鬼上身一般，牠現在已經不是牠了，而是陰煞之物了。

我還是第一次見到能夠把動物的性子都控制的陰煞之氣，心裏不由得有些緊張，擔心前路恐怕不會太順利。

「你們快來！」突然前面傳來鬍子的喊聲。

我連忙扶著姥爺走上去，這才發現鬍子和趙山都打著手電筒照向地面，正在低頭看著什麼。

「這是怎麼回事？」趙山滿臉訝異，似乎發現了什麼不尋常的東西。

「怎麼了？」我走上前問道。

「他說上次他們連隊的人，就是在這段通道裏迷了魂打起來的，據說當時地上流了很多血，但是現在卻一點血跡都沒有了。」鬍子抬起手電筒，往四壁照著，很快就在石壁上發現了一個手指大小的小洞，不由得點頭道：「估計這洞就是那天打出來的。」

我也拿手電筒四下照著，發現四周石壁上果然有很多斷口很新的小洞。我仔細看了看地面，才對姥爺說道：

「姥爺，確實很奇怪，一點血跡都沒有。」

姥爺點了點頭，沒有說話。

趙山蹲在地上，翻看牆根底下的一些碎石頭，想找出一點線索來。我微微彎腰瞇眼，順著石洞往前面看，想看看前面有什麼異常沒有。

我正在全神貫注地觀察著，旁邊突然傳來了「啊」一聲大叫，我一下子跳起來，定睛一看，大叫的人是鬍子。

「你喊啥?!」我沉聲問道。

「操，這個小孔裏有東西，我的手指被咬了！」鬍子捏著手指大叫著，似乎很痛苦。

「我看看。」我拉過鬍子的手指，用手電筒一照，發現指頭上被咬了一個小口，而且小口周圍已經開始發黑了，似乎中了毒。

「小心點，這種洞裏多的是蜈蚣蜘蛛，那些彈孔是牠們最喜歡的藏身之處，你不會伸手指進去了吧？」

這時，趙山走過來，從腰上的迷彩包裹掏出一個小瓶子來，倒了一片藥，遞給鬍子道：「這藥是解毒的，吃了吧。」

鬍子臊得臉都紅了，憋著勁不說話，用力掐著指頭，把傷口裏的黑血擠了出來，然後吮了吮手指，對趙山擺手道：「我不用解毒藥。」見鬍子不要，趙山也不勉強，笑了一下，把藥收起來了，接著彎腰繼續找線索。

「娘的，我倒要看看這裏面到底是什麼！」鬍子火氣很大，轉身滿地找樹枝，想往那個彈孔裏面戳。

我們什麼裝備都有，但就是沒有彈孔那麼細的東西，這可把鬍子氣壞了，抓耳撓腮半天，也沒有想出辦法來。

我看著鬍子著急的樣子，正要取笑他一下，姥爺突然說道：

「小心，地上。」

我們三個人一齊跳起來，拿手電筒往地上一照，不覺都是一驚。就在我們說話的當口，地面上居然出現了一縷黑色頭髮。

頭髮貼著地面，髮梢就在我們面前，另外一頭卻如同一根長繩子一般，一路延伸到洞底的黑暗處。

當時看到那縷頭髮的髮梢，我的感覺，就好像是看到一個頭髮特別長的人，髮梢拖到了地上一般。

正常人一般看到這樣的髮梢，一定會沿著髮梢往上看，試圖去看看那人的頭髮到底是什麼樣子的。但是，我們卻發現，那頭髮一路向前延伸，根本就沒個盡頭，這不能不讓人遐想那頭髮的另外一頭是什麼樣子的，會不會坐著一個披頭散髮的女人。

就在我們驚愕的時候，地上那縷頭髮卻緩緩動了起來。

那種動，與風吹長髮的飄動不同，那種動，只要看一下，就知道那是一種有意識的，如同小蛇在地上爬一般的蠕動。

那縷頭髮就這樣扭動著，髮梢伸到鬍子的腳下，然後，就出現了讓我們愕然的一幕。

那髮梢在鬍子剛才滴下的血滴上面抖了抖，接著卻突然紮根一般地鑽到了石壁裏，不停地晃動著，不過幾秒鐘時間，竟然把地上的血跡吸收地一點都不剩了。

「啾———」頭髮吸完了血，突然彈出地面，如同石洞深處有人在用力拉扯它們一般，猛地縮回去，瞬間就消失不見了。

我和鬍子對望了一眼，不由得咽了一口口水。

「嘿嘿，好玩。」鬍子這混蛋居然兩眼放光，一點恐懼都沒有。

「這些頭髮把地上的血都吸乾了，我們跟上去，說不定能發現什麼。」趙山抬腳就要往前走。

「等一下。」這時候，姥爺叫住了他。

「老人家，怎麼了？那頭髮剛縮回去，現在去追還來得及，咱們不能再耽誤時間了。」趙山說道。

「趙山，」姥爺抽著旱煙袋，沉吟了一下，問道，「當時，你救出那兩個失蹤的士兵，是怎麼發現他們的？」

「我發現他們的時候，他們已經暈過去了，就在剛才路過的一個岔道裏。」趙山對姥爺說道。

「哦？」姥爺又沉吟道：「這麼說來，這個石洞底下，你沒有去過嘍？」

「沒去過。」趙山答道。

「那你也不知道這個石洞底下有什麼東西，是不是？」姥爺繼續問道。

「嗯。」趙山答道。

趙山眨眨眼，有些著急地說：「老人家，你到底想問什麼？」

「沒什麼，就是了解一下情況，順便跟你說個事情。」姥爺說道。

姥爺從貼身的衣袋裏，掏出一張折疊起來的牛皮紙，遞給趙山道：「我猜這個東西你肯定也沒有看過。」

趙山接過牛皮紙展開一看，不由得兩眼一亮，喜出望外地一把握住姥爺的手道：「老人家，我就缺這個，您是從哪裡得到這張地圖的？」

「這事說來話長，你就別問了，你只說，這地圖你能看懂不？能不能跟我說說上面都有什麼內容？」姥爺問趙山。

「嗯，好。」趙山答道。

趙山蹲下身，把地圖在膝頭上鋪開，拿手電照著細看，皺著眉頭道：

「沒想到這個防空洞這麼大，按照這張地圖來看，這座山基本已經被挖空了，而且山下面還有很多層，最底層看著很小，但是卻設計得非常奇怪，有些過於結實了，這麼深的地下，而且還是石頭山底下，這麼設計有些不合理啊。」

「怎麼個不合理法？」姥爺有些好奇地問道。

「就是感覺太結實了，最底層地方不大，而且深入地下幾十米，就是爆炸也炸不到那個地方，怎麼那裏反而用了很多鋼筋混凝土來加固呢？」趙山很疑惑地說道。

「嗯，那是為了安全起見吧，這個原因現在是沒法知道了，我們先往前走走再說吧，你帶路。」姥爺對趙山說道。

趙山站起身，查看了一下前後的甬道，皺眉道：

「我們現在應該是在第一層，這第一層有路可以直接通到洞外，不過現在出口都已經被封死了。從這裏再往下走，就可以到第二層了，最底下一層是第四層。」

「既然路都已經認清了，那咱們就繼續前進吧，你好生拿著地圖，給我們帶路吧。」姥爺說道。

「原來有圖啊，那不是輕鬆得很嘛，照著圖找一圈，應該就沒事了。」鬍子扛著擀麵杖嬉笑道。

說話間，大家準備繼續往前走時，我心裏不覺有些急了，張開手，一下子就把他們攔住，有些焦急地問道：

「剛才的事情還沒弄清楚，你們怎麼就要往前走了？」

聽到我的話，趙山和鬍子都是點了點頭，接著一起看向了姥爺。

姥爺端著煙袋，抽了一口，皺著眉道：

「看這樣子，應該是陰絲了。」

「陰絲？是什麼東西？」鬍子疑惑地問道。

「就是屍體的頭髮。」姥爺說道。

姥爺解釋道：「屍體不能動，在陰氣裏浸染時間久了，頭髮就成了陰絲，聞血而動，會吸乾所有血氣，供屍體所用。」

「那陰絲會不會傷人？」鬍子問道。

「要看顏色，如果是灰白色的，一般來說沒多大妨礙，一把火就燒掉了。要是黑色的，就凶一點，逼急了也會傷人，而且不好防備。要是紅色的，那基本就沒法克制了。」姥爺說完問道，「剛才是什麼顏色的？」

「黑的。」我答道。

「嗯，準備火把，注意看四周，如果發現了，要第一時間馬上燒掉，一旦讓它爬出來纏到身上、鑽進皮肉裏，就麻煩了。」姥爺說道。

我們連忙點起火把，繼續前進。

四周都是積滿灰塵的石壁，一看就是很久沒人來過這裏了。地面上不但沉積著一層灰塵，而且還零散地堆放著一些沙包袋子。

由於年月久了，那些沙包袋子早就腐朽了，很多都裂開，流了滿地沙子，從遠處看著，活脫脫像一個肚子爛破的屍體。

我們一路小心前進，又走了上百米，沿路竟然一個石室和岔道都沒有。就在我們心裏納悶的時候，側前方出現了一個黑洞洞的洞口。我們本能地停下來，拿手電筒照著洞口，小心地查看起來。

「這個洞得進去看看才行，你們等著，我去瞧瞧。」鬍子一手拿著手電筒，一手拿著火把，就往洞口走了過去。

「別動！」

這時，一直默不作聲的趙山突然出聲叫住了鬍子。

「你想幹啥？你要去看？那好，讓你了，去吧。」

鬍子見到趙山叫住了自己，一撇嘴，轉身回來了。

「你們仔細看。」趙山指了指洞口的地面，「你們看灰塵上面的印子，像不像腳印？」

我和鬍子不由得低頭仔細看去，就連姥爺也有些吃驚地對我說道：「仔細看清楚。」

我發現洞口的灰塵上面果然隱約有一行隱約的腳印，而且腳印還是朝著洞裏面去的。

我和鬍子對望了一眼，各自掏出了傢伙握在手裏，悄悄向洞口靠過去。趙山沿著另外一邊的石壁繞行到洞口的正對面，一拉槍栓，對準了洞口。

「喂，哥們，萬一走火了，不是要打到我們了嗎？」見到趙山的舉動，鬍子有些洩氣地站直身，對他說道。

「放心，我不會允許萬一出現的。」趙山連看都沒看鬍子，冷聲說道。

鬍子氣得一噎，也不去理他，和我一起來到洞口，打著手電筒往裏面查看。

我們的手電筒光芒交叉著從洞口照到了石室裏面，幾乎將整個石室都照亮了。石室裏面靠近後牆壁的地方擺著一張舊桌子，桌子後面有一把木椅子，上面落著厚厚的灰塵。我發現腳印一路通到舊桌子的後面。

我這次留了心，看完裏面的情況之後，接著就把燈光往上掃，查看石壁頂部，發現那石壁中央也有一個老舊的吊燈罩。除此之外，石室裏面就沒有其他東西了。我彎腰瞇眼往裏面看去。

「什麼都沒有？」鬍子見到我滿臉失望的神情，問道。

「嗯。」我對他點了點頭。

「嗨，奇了。」鬍子抬腳就走進石室裏去，站在石室中間，又把石室看了一圈，最後走到桌邊查看了一下，面色有些凝重地對我們招手道：

「都進來，看看，真是見鬼了。」

我連忙扶著姥爺走進去，趙山也跟了進來。

「看看啊，就他娘的一行腳印，是從門口走進來的腳印，結果到了這兒就消失了。這腳印估計是鬼腳印，他娘的。你們看看，這椅子上好像還有個屁股印，那鬼東西還在這裏坐過。後來估計膩煩了，又走了。」鬍子打著手電筒，指著椅子上的印跡，給我們分析了一番。

我直覺他的解釋有些牽強，但是一時間也想不出更好的解釋。

趙山小心認真地查看了一番那些腳印，用槍上的刺刀把椅子挑開，又把舊桌子的抽屜都打開看了看，接著把舊桌子掀翻了，查看了一下桌子底下，這才皺眉道：

「不可能是鬼，鬼沒有腳印。再說了，這世上有沒有鬼還不一定呢。」

「你這話就說得不對了，一會兒說鬼沒有腳印，一會兒又說沒有鬼，前後矛盾嘛！」鬍子抬槓道。

「反正不可能是鬼，看這腳印和坐痕，肯定有人來過。」趙山堅持道。

「那是什麼人來過？他娘的，如果是走進來的，不可能是飛出去的吧？」鬍子很不屑地說道。

「飛出去，也不是沒有可能。」姥爺走過來，皺眉咂嘴道，「按照這個情形，這裏應該是真的進來過人。」

「老爺子，這話怎麼說？活人進來，憑空消失，可能嗎？」鬍子有些不信邪地說道。

「不是說飛出去了嗎？」姥爺打斷鬍子的話道。

「飛出去？怎麼飛？」鬍子這下子徹底糊塗了。

「人不會飛，但是有些東西會飛。」姥爺說道：「你們再仔細查看一下四周，看看有什麼異常沒有，一定要仔細看，不要放過任何一個細節，發現任何可疑的地方，立刻說出來。」

見到姥爺面色凝重，我們連忙拿著手電筒，回身四下查看。可是，看來看去，還是沒有發現任何異常的地方。石壁的灰塵沒有動過的痕跡。

「這灰塵沒什麼問題的，要不，我們把灰塵擦掉看看？」鬍子用胳膊肘撞了撞我。

我忽然心裏一動，似乎捕捉到了什麼靈感，但是一時間又想不出來是什麼。

「你別胡鬧，仔細看著，不要破壞現場。」我繼續拿著手電筒四下照著，一點一點仔細地查看，情不自禁地大叫一聲道：

「我想到了，我知道是怎麼回事了！」

「怎麼回事？快說，快說！」鬍子最先跳過來，滿臉興奮地看著我問道。

趙山也滿臉好奇地湊過來，卻裝作漫不經心的樣子，等著我說明。

姥爺點頭道：「說說看，什麼情況？」

我就問他們：「你們知不知道，如果用手把這些灰塵擦掉，會出現什麼？」

「會出現什麼？」鬍子睜大眼睛好奇地問道。

「灰白色的道道。就像擦黑板一樣，一拉一個長條子。」我看著鬍子，瞇眼笑道。

「你說這個幹啥？」鬍子不解地問道。

「你們看這裏、這裏，還有這裏，發現什麼沒有？」我拉著他們，讓他們看牆上的幾處灰塵。

他們隨著我的指點，仔細查看之後，滿臉疑惑地愣住了，低頭喃喃自語道：「這是，這是蟲子爬出來的痕跡？」

「你們看到什麼了？」姥爺有些好奇地問道。

趙山皺眉道：「老人家，我大概知道走進來的人為什麼不翼而飛了。這石壁上所有的灰塵上面，都有一些連成線的、非常細密的痕跡，不仔細看，根本就看不出來。我覺得，這很有可能是您老剛才說的那個陰絲，趁著那個人在這裏休息的時候，從牆上漫天爬下來，直接把他裹出去了。」

鬍子愣了一下道：「你們覺得那些頭髮有這麼大的力氣，能把一個大活人憑空裹出去，一點痕跡都不留下？」

「應該就是這樣。」姥爺沉吟道：

「想必那個人很疲倦了，也有可能是受傷了，到了這裏就昏厥過去或者睡著了，然後那些陰絲乘虛而入，把他捲了起來，先吸乾了他的血，這樣一來，那個人也就沒有多少重量了，成了一具乾屍，凌空拖出去，完全有可能。」

「那些陰絲到底是什麼玩意兒？在哪兒呢？既然它這麼兇殘，我看咱們還是別在這兒研究了，趕緊出去繼續找吧，找到了好一把火燒了它，省得再害人。」鬍子說著，轉身就往外走，但是卻突然定在原地，伸手拼命地扯我的袖子。

「怎麼了？」

我回頭往門口一看，也嚇得全身一震，一把將他往後拖過去，同時對趙山喊道：「快，火把，燒！」

此時，石室的出口已經不見了，變成了一大團黑色毛髮，堵塞在那裏。

那團毛髮中央位置鼓鼓囊囊的，儼然是一個人形，它釋放出無數細長黑髮，顫顫巍巍地沿著牆壁四下攀爬著，向我們包圍過來。

這時，姥爺正背對著石室門口站著，距離那一大團黑髮最近。他似乎沒有察覺到背後的異狀，但是，畢竟他經驗很豐富，一聽到我們的動靜，不等我去拉他，已經向前走了兩步，沉聲問道：

「是什麼？」

趙山連忙去拿姥爺手裏的火把。剛才我們進來之前，把火把都給姥爺拿著了。趙山向前踏了一步，把姥爺護到身後，接著手裏的火把一扔，就砸進那團黑乎乎的頭髮裏面去了。

「呼——」頭髮極容易燃燒，馬上就燒了起來。

那團頭髮燒起來之後，四周那些攀爬在牆上的黑髮也像觸手一般縮了回去。

「刺啦，劈啪——」

黑髮呼啦啦燃燒著，突然一陣劇烈顫抖，猛地向後縮去，拖曳著一片火花，沿著甬道一路向底部彈縮回去了。

「快追，不能讓它跑了！」

鬍子見到這個狀況，從姥爺手裏接過另外一支火把，抬腳就要去追，但是就在他準備往外衝的時候，卻不想手電筒一照門口，赫然發現門口的地上，居然躺著一個黑乎乎的人影。

我們連忙上前一看，不覺都是一驚。這時候，我才看清那地上躺著的人。這個人應該也是一個士兵，他身上穿著一身軍裝，不過，軍裝明顯過於寬大，給人的感覺好像是小孩子穿著大人的衣服一樣。

再仔細看他的身體，就如同曬乾的蚯蚓一般，翹牙癟嘴，全身皮膚如同老樹皮緊包在骨頭上，皮膚下面竟然一點血肉都沒有。

再看那個人的姿勢，就會發現那個人是大張著嘴，仰面屈膝躺著的，整個身體極度萎縮，長度已經只有一米多一點。

那褲腿裏面的兩條腿，骨骼稜角分明，也是沒有一點血肉的感覺。

這具乾屍的身上，落著一層細細的炭灰，如同灰塵一般佈滿全身，臉上和手腕上更是有很多細小的黑髮髮根，如同豬毛一般直愣愣地豎著，看著極為猙獰。

看到那乾屍的樣子，我們三個人對望了一眼，都沒有說話，心裏知道，姥爺剛才的推斷果然是正確的。

「什麼情況？」姥爺沉聲問道。

「那團頭髮拖著火跑了，留下了一具乾屍。這具乾屍應該是它在這個房間裏抓的。」我轉身扶過姥爺。

「看來它有藏身的地方。」姥爺說道：

「趙山，你注意看地圖，看看前頭有沒有什麼地方有水的。我估摸著，那個東西不怕火燒，拖著火跑了，那它的根部肯定有水，不然它這麼拖火回去，只會自尋死路。」

「嗯，我看看。」趙山點了點頭，掏出地圖，看了一下說道：

「不錯，這裏再往前走大概一百米，有一個大石室，裏面有蓄水池，但是年久失修，不知道裏面還有沒有水。」

「不管有沒有水，過去看看再說。你先看看那具乾屍，看是不是失蹤的那三個人之一。」姥爺對趙山說道。

趙山蹲下身，掀開乾屍的衣領，在領口下面翻出一個縫在衣領下面的小布條，看著小布條上的字跡道：

「是了，是其中一個人。」

「嗯，咱們還要繼續往前走，乾屍就先放在這裏吧，等回來了再收拾。」姥爺抬腳往外走去。

我扶著姥爺走了出去，趙山和鬍子也一起跟了上來。他們兩個依舊在前面帶路。

鬍子把擀麵杖插在背後，一手拿著手電筒，一手舉著火把。趙山則是兩手端著槍，手電筒綁在槍管上。

我們往前又走了大約七八十米，來到一個拐彎的地方。還沒來得及拐過去，就已經聞到了一股腥臭的味道。

「小心了，估計就在前面。」姥爺低聲提醒大家。

「放心吧，我這兒有火把呢，它敢出來的話，看我燒不死它。」鬍子嬉笑著說道，沒有一點害怕的樣子，大大咧咧地踏步走過了拐角。

請續看《我抓鬼的日子》之四　血咒重現

我抓鬼的日子 之三 魑魅魍魎

作者：君子無醉
發行人：陳曉林
出版所：風雲時代出版股份有限公司
地址：105台北市民生東路五段178號7樓之3
風雲書網：http://www.eastbooks.com.tw
官方部落格：http://eastbooks.pixnet.net/blog
Facebook：http://www.facebook.com/h7560949
信箱：h7560949@ms15.hinet.net
郵撥帳號：12043291
服務專線：(02)27560949
傳真專線：(02)27653799
執行主編：朱墨菲
美術編輯：許惠芳

法律顧問：永然法律事務所 李永然律師
北辰著作權事務所 蕭雄淋律師

版權授權：蔡雷平
初版日期：2015年1月
初版二刷：2015年1月20日
ISBN：978-986-352-065-8

總 經 銷：成信文化事業股份有限公司
地　　址：新北市新店區中正路四維巷二弄2號4樓
電　　話：(02)2219-2080

行政院新聞局局版台業字第3595號 營利事業統一編號22759935

定價：280元　特價：199元

國家圖書館出版品預行編目資料

我抓鬼的日子／君子無醉 著. -- 初版-- 臺北市：風雲時代，
2014.6 -- 冊；公分

ISBN 978-986-352-065-8（第3冊；平裝）

857.7　　103013689